その女、魔性につき

草凪 優

幻冬舎アウトロー文庫

その女、魔性につき

目次

プロローグ

失敗した……。

これは近年稀《まれ》に見る大失敗だと、神谷美久《かみやみく》は放心状態に陥っていた。

目の前にひろがっているのは、青い海と白い砂浜、輝く太陽に流れる雲——掛け値なしの絶景である。人影が皆無なのは、交通の便が極端に悪いところにある、隠れ家的な貸別荘のプライヴェートビーチだからだ。おまけに、もう九月に入っている。観光シーズンは終わりである。見ている者は誰もいないので、裸になって海に飛びこんでも大丈夫そうだった。こんなところに恋人同士で来ることができたなら、さぞや楽しい思い出がつくれたことだろう。

美久はひとりだった。

恋人はおろか、友達も家族も同行していない、純然たるひとり旅でこの地を訪れ、四泊五日の予定で貸別荘に滞在している。楽しいことがなにもないまま二十代最後の夏が過ぎていきそうだったので、衝動的に旅に出たのだ。都会の喧噪に疲れていたから、ただ海を見てぼぼんやりしていたいと思った。海外旅行となるとハードルが高いので、西伊豆を選んだ。ビーチパラソルの下でビールを飲んで過ごす時間はたしかに贅沢だったが、二日目ですでに飽きてしまった。退屈で退屈でしかたない。

こんなことなら、ツアーコンダクターが観光地を案内してくれるパック旅行にでも参加していたほうがよほどましだった。せめてリゾートであれば、エステとかグルメとかインストラクター付きのマリンスポーツとか、楽しむ方法はいろいろとあるのだろうけれど、ここには美しい海以外になにもない。

ビールばかり飲んでいるので、汗の量がおびただしく、うんざりしてくる。ひとりで水着になるのも馬鹿らしいから、タンクトップにショートパンツ姿だった。それでも暑い。拭《ぬぐ》っても拭っても、汗がしたたってくる。

九月に入っているのに、この暑さは異常と言っていいだろう。異常気象だ。異常ついでに、地球なんて火の玉にでもなってしまえばいいのではないか、とひとり毒づく。

とはいえ、ビーチに秋風が吹いて夏の終わりが実感できたら、それはそれで淋しさに拍車がかかってやりきれなくなったかもしれない。夏の終わり——自分の人生もそんな季節に差しかかっているのかもしれない、と……。

本当に泣きだす寸前だった。

ユアに会わなかったら、たぶん予定を切りあげてすごすごと東京に戻っていたことだろう。旅行に来たこと自体を記憶から抹殺し、何事もなかったように日常生活に戻っていたに違いない。

ユアはどこからともなく現れて、気がつけば目の前の海で波と戯れていた。白いワンピースを着て、麦わら帽子を被《かぶ》っていたが、子供でないことは遠眼からでもわかった。手脚が長く、スタイルがよかったからだ。

きっとお似合いの男が後からやってきて手を繋《つな》いで去っていくのだろうと思うと舌打ちしたくなったが、誰もやってこなかった。ユアはそのうち、ワンピースのまま泳ぎはじめた。変わった人だなと思った。しかも、泳ぐのがうまくない。というか、はっきり言って泳げなそうだ。浅瀬で波と一緒に転がりながら海に入っていき、少しでも深いところに行くと慌てた顔で戻ってくる。

容姿は大人びているのに、まるで子供だった。

やがて海からあがると、こちらに向かって歩いてきた。

「すいません。シャワーはどこにありますか？」

困った顔で言われ、美久は啞然《あぜん》とした。ここは海水浴場ではない。誰でも使えるシャワーの設備など、あるわけがない。

しかし、ユアは近くで見ると本当に美形で、ハーフなのかもしれないと思うほど眼鼻立ちが整っていた。頭の先から爪先まで海水で濡らし、キラキラ輝いている姿に、同性にもかかわらず息を呑んでしまった。

「わたしのところのシャワーでよければ、使う?」

美久がこわばった顔で言うと、ユアは無邪気な笑顔でついてきた。年は二、三歳下だろうか。二十代半ばにはそぐわない、子供じみた笑顔を浮かべているのだが、なにしろ美人なので天使のようだった。

それから三日間、美久はユアとふたりきりで過ごした。

どうしてそういうことになったのか、あまりよく覚えていない。シャワーを浴びたユアにタオルと着替えを貸し、ワンピースが乾くまで一緒にビールを飲んでいたら妙にウマが合って、バーベキューをしようと誘うとふたつ返事で乗ってきた。たくさん食べてたくさん飲んで、夜のビーチで星空を眺め、せっかくだからと花火までして、また食べて飲んで、眼を覚ますと一緒のベッドで寝ていた……そんな感じで三日間が過ぎていったのである。

ひとりでは水着になる気にならなかった美久だが、実は新しい水着を二着、用意してきていた。ひとつをユアに貸して、翌日は一緒に泳いだ。

水着は花柄のビキニと黒いシックなワンピースだった。美久は黒いワンピースのほうが気に入っていたのだが、ユアに譲った。譲ってよかったと思った。自分よりずっと似合っていたからだ。

ビールを飲んだり、昼寝を挟んだりしながら、暗くなるまで海で遊んでいた。ユアはやはり、泳ぎが苦手のようだったが、貸別荘の備品に浮き輪やボートがあったので、問題はなかった。

あのときの夕陽の美しさは、きっと一生忘れない。

空も海もオレンジ色に染まる夕陽ももちろん綺麗だったのだが、その中にたたずむユアの存在感が、風景を特別なものにした。美しい顔立ちに、均整のとれたプロポーション。そんな彼女が、大人っぽい黒いワンピース水着を着けて夕陽を浴びている姿は、映画のワンシーンのようだった。美しい光景の中に自分も一緒にいられることが嬉しくて、美久は感極まってしまいそうだった。

帰る日がやってくると、お互い涙ぐんで別れを惜しんだ。東京での再会を約束して、電車で帰るというユアを下田の駅まで送っていった。美久はレンタカーで来ていたので、それを運転して東京まで戻った。

東京へ向かうクルマの中で、美久はユアと過ごした楽しい思い出を反芻《はんすう》し、ひとりでニヤニヤしていた。友達になれそうだった。東京で再会するのが楽しみでならず、いま別れたばかりだというのに、どこでなにを食べようか、頭の中で料理店の選定を始めてしまっていた。しかし、ユアから電話はかかってこなかった。彼女は携帯電話を持っていなかったので、美久からは連絡できない。三日間も一緒にいたのに、美久は彼女のプライヴェートの情報をほとんど得ていなかった。

なにしろユアは小さなポーチひとつしか荷物を持っていなかった。いかにも訳ありな感じがした。いろいろなことを訊《たず》ねてみたかったが、訊ねてはいけないような雰囲気があった。それに、踏みこんだ話をすれば、こちらもある程度話さなくてはいけない。美久にしても、訳ありという程ではなかったが、自分のプライヴェートを口にしたくない事情があった。必然的に会話は少なくなったが、ユアは言葉を使わなくても、感情を饒舌《じょうぜつ》に伝えてくることができる、不思議な力をもっていた。

食事のときに眼を丸くすればおいしさが、浜辺を走っていれば歓喜が、水をかけあってはしゃいでいれば一緒にいられる悦《よろこ》びが、ひしひしと伝わってきた。

眉根《まゆね》を寄せて夕陽を眺めている姿を見ていると、こちらまで胸が締めつけられた。美しさと儚《はかな》さは表裏一体のガラス細工のようなものなのだ、と美久は彼女に教えられた気がした。夕陽を眺めているユアを、美久はいつまでも飽きることなく見つめていた。

第一章　合わせ鏡

1

池袋東口の繁華街で、神谷美久は酒場を探していた。

酔うためというより、まずは寒さをしのぎたい。いったいいつまで続くのかとうんざりするほど今年の残暑は長く続き、ようやく涼しくなったと思ったら、今度は秋を飛ばして冬がやってきたような寒波が押し寄せてきた。それまで暖かかったせいでよけいに寒く感じるのだろうが、十一月の乾いた夜風は頰を削るようで、のんびり街を散歩することも許してくれない。

そして、ひとりになりたかった。仕事でたくさんしゃべり、愛想笑いをしつづけた自分を、素に戻して気持ちを落ち着けたかった。自宅までは山手線で二十分弱だが、午後七時過ぎなので帰宅ラッシュもたけなわだろう。満員電車に耐えられる程度に、アルコールで神経を鈍らせておく必要もある。

なるべく空いているところがよかったので、道路に面した店ではなく、二階以上にある店の看板を探した。入ったのは、ムーディな間接照明のオーセンティックなバーだった。店内は思ったよりも広く、静かにジャズが流れ、バーテンが長いカウンターの中できびきびと働いていた。

悪くなかった。チェスターコートを脱いで、カウンターの端に腰をおろした。外は寒かったが、喉が渇いていた。ベルギー産のビールを頼んだ。

アルコールがゆっくりまわっていくほどに、心身の緊張がほぐれていくのを実感する。

この静かな時間を、美久は大切にしていた。ひとりで酒を飲むことを好むようになったのは、ここ二、三年のことだろうか。昔は大勢で飲むほうが好きだったし、夜な夜な馬鹿騒ぎしていた時期もある。しかし、いまはもう騒がしいのはごめんだ。もうすぐ三十歳という年齢に、関係している心境の変化だろうか。ならば年をとることも、それほど悪くないように思える。

ビールをジンに変えてしばらくしたころ、見覚えのある男が店に入ってきた。

捜査一課の榊木《さかき》恒夫《つねお》……。

すぐにわかったのは、見た目がかつてとほとんど変わっていなかったからだ。髪型も同じだったし、痩《や》せても太ってもいなかった。白いワイシャツにネクタイをしているのに、ジャケットではなく派手な柄のブルゾンを着ているのもそのままで、当時からちぐはぐな格好だと思っていた。

台無しだった。あんな男にひとりの時間を邪魔されるのは嫌だったので、声をかけられる前に逃げようと思った。とりあえずトイレに隠れ、榊木が席に着いたところで、その背後を抜けてレジに向かえばいい。

とはいえ、こちらの見た目はかつてとずいぶん変わっている。榊木の知っている自分は、セクシーな服を好んで身につけ、茶髪の巻き髪で、隙のないフルメイク。ネイルもばっちりデコッて、靴の踵《かかと》は最低でも七、八センチ……。

いまは別人のように地味になった。ストレートの長い黒髪をひとつにまとめ、化粧も控えめ。シンプルなシャツにデニムのパンツ、スニーカーが定番の装いだ。昔の面影は皆無なので、やり過ごせるだろうと顔を伏せた。

榊木はまっすぐにこちらに向かってきて、隣の席に腰をおろした。

「久しぶりだな。三年ぶりくらいか？」

ニコリともせずに言われ、酔いがいっぺんに覚めた。刑事の記憶力を侮っていた自分を殴ってやりたくなった。

「どうなんだ、最近は。真面目にやってるのか？」

「ええ、まあ……」

美久はしかたなくフリーライターと肩書きのある名刺を渡し、近況を報告した。今日も現役風俗嬢にインタビューをしてきた帰りだと正直に言うと、榊木は複雑な表情をした。

「まあ、インタビューされる側より、する側のほうがましか。間違っても、される側には戻らんことだな」

美久はかつて風俗で働いていた。もう三年以上前になる。そのころ、榊木の世話になったことがあった。

店に手入れがあったわけではない。知りあいの男が傷害事件を起こし、その聞きこみにやってきたのだ。美久は仕事を終えて飲みに繰りだしていた。そのころよく行っていた、昼までやっているホストクラブだ。正体を失うほど酔っ払い、カウンターの上でストリッパーの真似事をしていたところに、榊木が同僚の刑事と現れた。全裸で踊っていたので、そのまましょっぴかれた。「猥褻《わいせつ》物陳列罪で店ごとあげてやろうか」と、美久は泣くまで脅された。傷害事件とはまったく関係ないのにどうしてそこまで、と悔し涙がさらにあふれた。榊木は女の涙を見るのが大好きな、真性のサディストだった。

怖かった。

いまは悪いことなどなにもしていないのに、隣りあわせているだけで当時の恐怖が蘇《よみがえ》ってきて、背筋に冷たい汗が流れていく。

「この店にはよく来るのか？」

「いいえ、たまたまです」

「ツイてないな」

榊木が冗談を言ったのだと気づくまで、二、三秒かかった。まったくだ、と美久は胸底で独りごちた。ひとりになりたくて適当に入ったバーで過去の汚点を知る男と再会するなんて、不運もいいところである。覚めてしまった酔いを取り戻すため、美久はジンをダブルで頼んだ。

いや……。

不意に閃《ひらめ》くものがあった。もしかするとこれはチャンスなのかもしれない――そんな思いが脳裏を去来する。

美久は現在の仕事に倦《う》んでいた。フリーライターといっても、著名な雑誌に寄稿したり、著作をもっているわけではない。ＷＥＢを中心に、元風俗嬢という経歴を活かして、下半身まわりのコラムや悩み相談への回答を書いたり、風俗関係の紹介記事を書いている。最初はそれなりに面白かったが、三年もやっているとさすがに飽きてしまった。

書くことそのものは自分でも意外なほど夢中になれたし、通勤の面倒や人付き合いの煩わしさがないことも気に入っている。

しかし、もう少し違う内容のものを書いてみたい。最近そんなことをよく思う。WEB関係の原稿料が安いせいもあり、なんとかステップアップの方法を考えなくては、と焦っていると言ってもいい。

物書きとしてのバックボーンがなにもない美久でも、チャンスはゼロではなかった。知りあいになった出版関係者で「まとまったものを書いたら読ませてよ」と言ってくれる人が何人かいた。それがそのまま雑誌に載ったり、本になったりするほど甘い世界ではないだろうが、いつもの二千字とか四千字ではなく、二万字とか四万字とか、長いものを書いてみようと思った。しかし、いざ書こうとすると、なにを書いていいのかわからなくなり、パソコンの前で唸《うな》っているばかりだった。

「難しく考えることはないよ。いままで書いてたコラムの延長でかまわないんだ。分量が変われば、内容だって変わってくるだろうし」

そうアドバイスされても、いつものコラムの延長で原稿用紙百枚分の文字を書けるとは到底思えなかった。

「男をその気にさせるベッドへの誘い方」「男が夢中になる前戯」「男が泣いて悦ぶ性感のツボ」……美久が書きたいものは、性技指南のハウトゥー本ではない。ノンフィクションでもルポルタージュでも、もっとこう、社会の暗部にスリリングに迫るようなものが書きたいのである。

情報が欲しかった。

榊木は曲がりなりにも刑事であり、捜査一課に籍を置いている。世間には出ない犯罪がらみの情報を、誰よりもよく知ることのできる立場にある。彼に協力してもらえれば、なにか書くヒントが得られるのではないだろうか……。

酔いにまかせ、そんな話を遠まわしにしてみた。

榊木は眉間《みけん》に皺《しわ》を寄せた難しそうな顔で、時折相槌《あいづち》を打ちながらウイスキーを飲んでいた。いちおう真面目に聞いてくれているようだけれど、表情から気持ちは推し量れない。

「やっぱり無理ですかね？　刑事さんって、捜査上の秘密を外にもらしちゃいけないんですもんね」

美久はほとんど諦《あきら》めかけていたが、

「ちょっと場所を変えようか」

榊木は店内を見渡して言った。いつの間にか店が混んできていた。聞き耳を立てられないところで話そう、と彼の顔には書いてあった。

2

榊木はバーを出ると、駅とは反対の方向に向かって歩きだした。

美久も続いた。店を変えることに異存はなかったが、榊木が向かったのは、繁華街の奥にある、ひっそりとしたラブホテル街だった。

さすがに面食らったが、たしかにそこなら、聞き耳を立てられずに話ができるかもしれない。殺人事件の背景、詐欺師集団の実態、放火魔の素顔――警察が決して外部にもらしてはならないと考えている、コンフィデンシャルな情報を教えてもらえるかもしれないと期待した。

しかし榊木は、ホテルの部屋でふたりきりになるなり、美久を抱き寄せ、唇を重ねてきた。唖然としている暇もなく、乱暴に口をこじ開けられ、舌が抜けそうな勢いで吸いたてられた。

野獣のようなキスだった。

騙《だま》された……と思っている間に、服も下着も奪われた。立ったまま全裸にされて、ベッドに突き飛ばされた。榊木はブリーフ一枚になって追ってきた。

榊木のやり方はひどいものだった。話をする素振りでホテルに入り、いきなり裸にされるとは屈辱以外のなにものでもなかったが、美久は抵抗しようとは思わなかった。むしろ、バーターなら結構だと思った。一方的に情報を与えてもらうより、見返りを求められたほうが、かえってすっきりする。

慣れていたからだ。男が獣欲を露わにし、射精によっておとなしくなるまでの時間をやりすごす——それに慣れなければならない仕事をしていた。こちらがマグロでは相手も鼻白むので、悪い夢でも見ていると思って、適当に調子を合わせればいい。そう、これは悪夢だ。それでもしばらくすれば、体が反応しはじめる。冷えきった心とは裏腹に、淫《みだ》らな女を勝手に演じてくれる。

榊木は美久の両脚をM字に割りひろげ、クンニリングスを開始した。悪くなかった。欲望にまかせて、そそり勃《た》った男根を乾いた膣にぶちこまれるよりずっといい。唾液をしたたらせた舌が、花びらを舐めまわしてきた。舐めまわしては、舌先を中に差しこんできた。

榊木の舌使いは、部屋でふたりきりになるなりキスをしてきた強引な感じそのままだった。荒々しいけれど情熱的と言えば情熱的だったので、気がつけば美久は総身をのけぞらせてあえいでいた。心はともかく、体は乱暴なやり方が嫌いではないのだった。

舌が動くほどに、美久はシーツを皺くちゃにして乱れた。体のいちばん深いところが熱く疼《うず》き、淫らに潤み、蜜があふれだしていった。榊木は音をたててそれを啜《すす》りあげながら、花びらをしゃぶり、舌先で奥を掻《か》き混ぜ、肉芽を執拗に舐め転がしてきた。

「ああっ、ダメですっ……そんなにしたらダメッ……」

性急にこみあげてきたエクスタシーの前兆に美久は狼狽《うろた》え、いやいやと首を振った。榊木は手綱《たづな》を緩めてくれなかった。羞《は》じらう隙さえ与えられず、イカされてしまった。太腿が震えだし、背中が弓なりに反り返った。いっそ暴力的と言いたくなるような強引さで、愉悦の海に溺《おぼ》れさせられた。

余韻が引いていくと、美久は激しく混乱した。普通なら、今度は女が男に奉仕する番だろう。あるいは、フェラチオなどまどろっこしいとばかりに、勃起しきった男根で貫いてくるはずだ。

しかし榊木は、クンニリングスを続けた。今度は蜜壺《みつつぼ》に指まで入れて、Gスポットを刺激してきた。そうしつつクリトリスを舐められて、美久はわけもなく二度目のエクスタシーに追いこまれた。

まだ終わらなかった。マンぐり返しに体を丸めこまれ、裂け目を執拗に舐められた。クリトリスは指でいじられていた。もう一方の手指で乳首をつままれた。女の急所という急所を微に入り細を穿って刺激され、美久はひいひいと喉を絞ってよがり泣いた。三度、四度と続けざまにイカされた。それでもまだ、榊木はおのが男根で貫いてこようとしない。

勃たないのだ、とわかったのはどのタイミングだったろう？

ブリーフに包まれた部分が背中にあたっても、硬くなっていなかった。アクシデントで勃たないという雰囲気ではなく、榊木はこちらを責める愛撫にだけ没頭している。

要するにＥＤなのだ。

女を貫きたくても貫けないのだ。

それゆえ、榊木にとってのセックスはクンニリングスであり、女をイカせることらしい。屈折もしているし、倒錯もしている。自分はなにも快楽を得ないまま、女を快楽の海に溺れさせるのが、榊木の欲望であり、悦びなのだ。

ただし、生半可な欲望でも、悦びでもなかった。

マングり返しの体勢で、美久は延々と責められた。七度目のエクスタシーまでは数えたが、そこから先はわけがわからなくなった。続けざまにイカされすぎて、頭がおかしくなってしまいそうだった。

やがて、失神した。

人より多くの場数を踏んできた美久とはいえ、快楽の熱量に耐えられず意識を失ってしまった経験は、それまでにほとんどなかった。

眼を覚ましても、美久はしばらく放心状態から抜けだせなかった。

榊木はその間、シャワーを浴びていた。バスローブ姿で戻ってくると、冷蔵庫からビールを出した。立ったままそれを飲みながら、美久を見下ろしてくる。ベッドの上で手脚を投げだし、恥部さえ隠せずぐったりしている女を見て、ニヤニヤ笑っている。

馬鹿な男だ、と思った。

セックスのあとに勝ち誇ったような顔をする男は、浅はかだ。いったいなにを勘違いしているのだろう？　何度もイカせたら、勝ちなのか？　女を支配したことになるというのか？

まあ、いい。

3

ここまでは好きにしたってかまわない。

そのかわり、ビールでなめらかになった舌で、早く話をしてほしかった。実際、なにか言いたそうな顔をしている。胸がわくわくするようなとびきりの情報を教えてくれたら、いままでの非礼は水に流そう。

「元アイドル風俗嬢で、現在は現役風俗嬢のインタビュー記事を精力的にこなしている、敏腕フリーライターの神谷美久さん……」

芝居がかった口調で、榊木は言った。

「そのキャリアを見込んで、ひとつ、訊ねたいことがあるんだがな」

「アイドルでもなかったし……敏腕でもないですけど……」

美久は頭を振りながら上体を起こした。ゆっくりと放心状態から抜けだしつつあった。自分の漏らした体液で、体の下がぐっしょり濡れていた。尻を少しずらし、膝を抱えて裸身を隠した。

「お役に立てることがあるなら……」

「この女を知らないか？」

スマートフォンで画像を見せられた。

「一週間くらい前まで、道玄坂の〈パンドラ〉って店で働いていたヘルス嬢だ」

美久はにわかに言葉を返せなかった。ぼんやりしていた意識が、一瞬にして覚醒した。

「源氏名は、ユア」

心臓が、ドキンとひとつ跳ねあがる。

あのユアだった。

二カ月前、夏の終わりの伊豆の海で、ふたりで底抜けに楽しい時間を過ごした相棒が、スマホの画面に映っていた。相変わらず綺麗だったが、笑っていなかった。カメラを睨《にら》むような上目遣いで、唇も真一文字に引き締めている。伊豆での三日間、ユアはいつも笑っていた印象がある。まるで別人のように見える。しかしそれは、やはりユアだった。たった二カ月で、その美しい顔立ちを忘れられるわけがない。

「どうなんだ？　会ったことあるか？」

「……いいえ」

美久は反射的に嘘をついた。相手は刑事だ。闇雲に情報を与えてしまっては、ユアに不都合があるかもしれない。

「なにか事件を起こした人なんですか？」

「いや……」

榊木は苦りきった表情でかぶりを振った。

「ちょっと詳しいことは言えないんだ……」

美久の胸に、暗澹《あんたん》とした思いがひろがっていく。

ユアが風俗嬢であったことに強い衝撃を受けていた。こちらはすでに足を洗っているが、同じ仕事をしていたのだ。道理で、プライヴェートな情報をいっさい話そうとしなかったわけだ……。

「仲間にも訊《き》いてみてくれないか?」

榊木は威圧感たっぷりに言ってきた。

「風俗嬢のインタビューをしてるなら、それなりに顔がきくだろうからな。WEBサイトの編集部なんかにも、訊いておいてくれると助かる。もちろん、捜査一課の刑事が捜してるなんて言わないでくれよ」

「え、ええ……」

美久は適当にうなずき、そそくさと服を着けた。シャワーも浴びなかった。榊木に体を許した本来の理由など、すでにどうでもよくなっていた。榊木を急《せ》かし、ホテルを出た。

満員の山手線に揺られながら、美久は必死にスマートフォンを操作した。渋谷道玄坂にあるファッションヘルス〈パンドラ〉。そのホームページには、先ほど見せられたユアの写真がまだ残されていた。

榊木の口ぶりではもうやめてしまったようだったが、風俗店がやめた女の子の写真をしばらく残しておくのは、よくあることだ。その子目当てに来た客でも、うまく丸めこんで他の女の子をつけてしまう。客は勃起する一歩手前の状態で来ているので、よほどの常連でない限り、踵《きびす》を返したりしない。

驚いたのは、本当に「ユア」という名前が写真の下にあったことだ。つまり、彼女は美久に源氏名を名乗ったわけである。本名を名乗りたくなかったのだろうか？　あるいは源氏名のほうが本名よりしっくりくるほど、彼女は長く風俗の仕事を続けているのだろうか？

　ユアに会いたかった。

「次は渋谷——、渋谷——」

　車内アナウンスが聞こえてくると、衝動的に電車をおりてしまいたくなった。いまはもう働いていなくても、〈パンドラ〉に行けばユアの情報が少しは得られるかもしれないと思ったからだ。

　なんとか自分を抑えて、自宅に戻った。

　美久が住んでいるのは、目黒にあるウィークリーマンションだ。

　ウィークリーなのに、もう二年近く住んでいる。住み心地がいいわけではない。駅までは歩いてすぐだが、部屋は五畳くらいしかない狭さなので、備えつけのシングルベッドや小さなテーブルセット以外に、家具を増やすことができない。陽当たりもよくないし、室内に洗濯物を干すと身の置き所がなくなる。

　ただ、部屋には寝に帰るだけだから、普通のマンションに引っ越そうとは思わなかった。風俗嬢になって寮を転々としているうち、家財道具はスーツケースひとつに収まるようになった。ノートパソコンさえあれば、仕事はカフェですることができる。

それに、狭い部屋というものは、それはそれで意外に心が落ち着くのだ。冬眠している熊のような気分で、惰眠をむさぼれる。

ベッドに体を投げだした。

天井を眺めながら、ユアはどうして自分に連絡してくれなかったのだろうと考えた。

日常生活に戻れば、気ぜわしく生きなければならないのが人の常だ。いつか連絡しようと思っているうちに時間が経《た》ってしまい、よけいにしづらくなった——そんな感じだろうと思っていた。

もしかしたら違うのかもしれない。

ユアには最初から再会の意思などはなく、下田の駅で美久と別れるなり、美久の連絡先など捨ててしまったのかもしれない。風俗嬢をしているのなら、そういう気持ちもわからないではない。東京であらためて落ちあえば、水着ではしゃいでいるだけではすまず、身の上話のひとつもしなければならないだろう。「絶対、東京でも会おうね」と涙ながらに別れても、べつにもう会わなくていい。楽しい思い出は思い出として胸にしまっておけば、それでいいと、ユアは思っていたのかもしれない。

ならば、そっとしておいたほうがいい。

ユアが会いたくないと思っているのに、無理やり再会しても気まずいだけだ。せっかくのいい思い出だって、それによって台無しになってしまうかもしれないではないか。

美久にしても、フリーライターをしているというところまでは話せても、書いている内容までは言えないかもしれない。ぎりぎり言えたとしても、かつて風俗嬢をしていたことまで告白できる自信はない。たとえ相手が、現役の風俗嬢とわかっていても、だ。

世の中にはいろいろな考え方の人がいて、自分は風俗嬢だと胸を張っている女もいる。美久にはできない。後ろめたい生業《なりわい》だと思うし、現役時代はひどく精神が荒《すさ》んでいた。あがってしまったいまでさえ、その仕事をしていたことを後悔しているところがある。

風俗関係とは別の原稿を書いてみたいのも、「元人気風俗嬢」という肩書きで仕事をすることに、引っかかりを感じているからだった。

風俗嬢という仕事を卑下しているわけではない。自分なりに一生懸命働いていたし、そういう職業が世の中にとって必要だとも思う。しかし、そろそろ過去から自由になって、新しい自分に生まれ変わりたいのである。

4

翌日。

やはりどうしても気になって、美久は渋谷に足を運んでしまった。榊木に捜してくれと頼まれたからではない。むしろ逆だ。榊木がユアを見つける前に、警察が捜しているということを、ユアに伝えておいたほうがいいような気がしたからである。

道玄坂をあがったラブホテル街の手前に、風俗街がある。混んでいる時間に行くと門前払いを受けそうなので、午後三時に向かった。

明るいうちの風俗街を歩くと、いつも思うことがある。洗濯物を干してあるベランダに似ている。なんとも無防備で日向《ひなた》くさい。こんなところで一日に何百という男が射精をしていると思うと、ひどく滑稽《こっけい》だ。

〈パンドラ〉の看板を見つけ、二階へ続く狭い階段をのぼっていった。ドアを開けると、レジカウンターの中にいた男が眉をひそめた。

「……面接?」

「いえ、わたしは……」

フリーライターと肩書きの入った名刺を出し、取材の申し込みをした。幸いなことに、美久が寄稿しているWEBサイトを知ってくれていた。

「ユアさんって子に話を訊きたいんですけど」

「あー、その子なら、もうやめましたよ、一週間くらい前かな」

もちろん、わかっていて訊ねている。

「他の子に取材OKかどうか訊いてみましょうか？」

「いえ、その……ユアさん、どこか他のお店に移ったのかしら？　知っていたら教えてもらえません？」

「さあ、それは……」

男は困ったように苦笑した。知っていても言えるはずがない、ということらしいが、不意に眼を凝らしてこちらの顔をのぞきこんできた。

「もしかしてミカさんじゃないですか？　吉原の〈ピュアオレンジ〉にいた……」

美久の顔がひきつった。そういう名前のソープランドで働いていたことはある。ミカはそのときの源氏名だ。

「俺、あそこで働いていた山本です。覚えてないすか？」

「……ごめんなさい」

美久は頭をさげた。

「もうけっこう前の話だし……」

「まあ、しょうがないか。俺、あの店に入ったときはなんもできないペェペェでしたから……いまはあがって風俗ライターやってるんですか？」

「うん、まあ……」

気まずかったが、話を進めるとっかかりができた。

「実はね、ちょっと事情があって、そのユアって子を捜してるの。どこに行ったのかわからないかしら？」

「本当に知らないんですよ。ただ、はっきり言って、めちゃくちゃな子でしたからね。すぐにやめるって言うわ、時間は守らないわ、客とトラブルばっかり起こすわ、どこの店に行っても続かないと思うけど……」

かつて同じ店で働いていた気安さからか、男の口は急になめらかになった。

「連絡先はわからない？」

「携帯、繋がらないんですよ。働いてたときから」

伊豆で会ったときも、彼女は携帯を持っていなかった。

「信じられないでしょ？　だいたい、前の店長とデキてたんだから、いい度胸っていうか、なんていうか……ずぶの素人ってわけでもないのに、業界のルールをガン無視ですからね。そんなの御法度《ごはっと》中の御法度でしょ。おまけに、その件で店長が馘《くび》になってるのに、自分は平然と居残ってて……あっ、そうだ。その元店長に訊いてみたら、ユアさんの居場所がわかるかもしれない」

「ホント？」

美久は眼を輝かせ、山本はうなずいた。

「ただ、あの人も電話したって出ないし、メール送ってても返ってこないから、直接行ったほうがいいかもです。ここだけの話、ちょっと病んでるっていう噂なんですけどね。馘になってから引きこもりになってるって……」

美久は元店長の名前、住所、電話番号をスマートフォンにメモした。

「この店長の話、当然警察にもしたわよね？」

「へっ？」

山本は虚を突かれた顔をした。

「警察って……ユアさん、なにか事件に巻きこまれたんですか？」

「ううん、そうじゃないの」

美久はあわてて首を振った。

「でも、来たでしょ？　警察」

「……来てませんよ」

「そ、そう……わたしの勘違いかな？　忘れて、いまの話」

訝しげに眉をひそめる山本に礼を言い、美久はそそくさと店を後にした。

いったいどうなっているのだろう？

榊木がユアを捜しているなら、当然〈パンドラ〉に話を訊きにこなければおかしい。まさか捜査していることを隠さなければならないほどの、重大な事件の参考人なのだろうか？

釈然としないまま、道玄坂の風俗街を離れた。

〈パンドラ〉の元店長は、森島和哉という名前だった。三宿《みしゅく》に住んでいるらしく、渋谷からならタクシーですぐである。

おしゃれな店が多いことで知られる界隈だが、ひっそりした裏通りにある木造モルタルの年季の入ったアパートだった。しかも、建物の玄関で靴を脱ぐ造りになっている。

いったいいつの時代に建てられたのだろうと思いながら、美久はスニーカーを脱いだ。玄関脇に木製の靴箱と郵便箱があり、二〇八号室に「森島」と書かれている。黒光りしている階段は、足音に注意してもひどく軋《きし》んだ。内廊下で両側に部屋があるので、建物の中は昼間なのにとても暗い。天井が黒いのは、よく見ると黴《かび》が一面にびっしりと繁殖しているからだった。

廊下は狭く、住人が古新聞や古雑誌、段ボールなどを積みあげているので、人がひとり通るのがやっとだった。奥に行くほど空気が澱《よど》んでいき、異様な気配になっていった。いまにも両側の扉がバタバタと開いて、幽霊や妖怪が脅かしてきそうである。

ようやくのことで二〇八号室の前に辿《たど》りつくと、安っぽいベニヤの扉越しにテレビの音が聞こえてきた。時刻は午後三時半。この時間に在宅しているということは、引きこもりという話は本当なのかもしれない。

ノックをした。三回目でようやく扉が開き、二十代後半とおぼしき男が顔を出した。

「なに？」

「森島さん？」

「そうだけど……」

森島は痩せた顔に無精髭《ぶしょうひげ》を生やしていた。眼つきが虚ろで、瞳の光が弱く見える。おそらく、暗い廊下のせいだけではない。

「わたし、神谷美久というフリーライターです……」

挨拶をしながら、森島を観察する。よれたTシャツにジャージパンツ。酒の臭いは漂ってこない。病気という感じもしなかったが、ひどく疲れているようだった。これほど疲れた顔をしている人は、滅多に見ないというくらいに……。

「フリーライターがなんの用？」

「〈パンドラ〉で聞いてここに来ました。ちょっとお話をうかがいたいんですけど、近くのカフェにでもお付き合い願えませんか？」

「だから、話ってなによ？」

「あなたが店長のとき、〈パンドラ〉に警察が来ませんでしたか？」

動揺を誘う問いのはずだが、

「……ああ」

森島は鼻で笑った。

「内偵が入ってたって噂だったけどね。ガサまでは入らなかった。あの店は本番NGだし、未成年だって雇ってない」

「ユアさんって人が、働いてましたよね？」

迷いつつ言うと、森島の顔色が変わった。にわかに血の気が引いていき、扉を閉めようとした。

「待って」

美久は反射的に扉に体を挟んだ。森島はドアノブから手を離し、部屋に入っていった。美久はためらいつつも、「失礼します」とおざなりに言って森島を追った。部屋は散らかり放題だった。ゴミ袋もペットボトルも雑誌も、どうやったらこれほど溜めこめるのかと啞然とするような量があふれ、足の踏み場もない。

森島は、室内で唯一スペースの空いているベッドの上で、こちらに背中を向けてあぐらをかいた。

「ユアの話なら、することないから。居場所なんて知らないし……」

声が震えている。なんだか怯《おび》えているようだ。

美久の足は雑誌を踏んでいた。床も畳も見えていないのでしかたがないのだが、ぐにゃぐにゃして気持ちが悪い。かといってどうしようもない。彼を外に連れだすのは難しそうだ。

「警察はユアさんを捜してたんじゃないんですか？」

「はっ？　違うだろ。同業者のチクリだよ。よくある話さ」

「ユアさんと付き合ってたんですよね？」

思いきって切りだした。

長い間《ま》があった。

「もう別れた」

「いつごろまで付き合ってたんですか？」

「……あんたはなんだ？」

森島は声を尖《とが》らせて振り返った。

「フリーライターなんて嘘だろ。借金取りか？」

「ユアさんの……友達です。彼女を捜しています」

「友達だって？」

森島はポカンとした顔をしたが、次の瞬間、笑いだした。顔のパーツが別々に痙攣《けいれん》しはじめたような、病的な笑い方だった。

「嘘つくのもいい加減にしろよ。あんな壊れた女に、友達なんかいるわけないじゃないか」

「どこが壊れてるんです？」

森島は呆《あき》れた表情になり、振り返って見るのをやめた。重苦しい沈黙の中、彼の背中はひどく小さく見えた。疲労の塊がそこにあるようだった。

「俺が悪いんだけどな……」

尖っていた口調が、一転して卑屈な感じに弱々しくなった。

「彼女を幸せにしてやれなかった、俺が悪い。あんな高嶺《たかね》の花に手を出すべきじゃなかったんだ、最初から……最低だ、俺は……」

美久はなんと言葉を返していいかわからなかった。たしかにパッと見、ユアと釣りあうほどの男には思えないが、そんなカップルなど世間にはざらにいる。自虐《じぎゃく》的なのは、情緒が不安定になっているからだろうか。

胸が痛くなってくる。靴は脱いでいるものの、他人の家に土足であがりこんだようなものだ。森島がユアと別れて傷ついていることは間違いない。その弱りきった心にも、土足であがりこもうとしているのだ。

「……ごめんなさい」

背中に向かって頭をさげた。

「失礼はこの通りお詫びします。でも、本当に捜してるんです。住んでいるところがわかるなら、教えてもらうことはできないでしょうか？」

「知らないよ」

森島が首を振る。

「前に住んでたのは〈パンドラ〉の寮で、しばらくここにも住んでた。出ていってからは、一度も会ってない」

「よく行っていた店とかは？」

言葉は返ってこなかった。もうなにも言うつもりはないらしい。沈黙がこたえた。立ち去るしかないようだった。

「……お邪魔して、すみませんでした」

もう一度背中に向かって頭をさげ、ゴミを踏まないように注意しながら玄関に向かった。

足元だけではなく、壁の至るところに貼られたポスターやチラシが、散らかり放題の部屋をよけいに混沌として見せている。

玄関に辿りつく寸前、一枚のチラシが眼にとまった。ユアだった。彼女の顔がアップで写っていた。眼球がこぼれ落ちそうなほど眼を剝《む》いて笑うというエキセントリックな表情をしていたが、間違いない。

劇団トーイ・第七回公演『ポゼッション』——文字を頭に叩きこんで、美久はゴミ溜めのような部屋を後にした。

5

タクシーで渋谷に戻った。

待ちあわせのカフェは、クラブクアトロの裏手にあった。小さな飲食店が賑々《にぎにぎ》しく建ち並び、人の行き来が激しいところだ。美久は人混みが苦手だったが、その店にしてよかったと思った。

メニューにビールがあったからだ。異常に喉が渇いていた。ハイネケン一本をすぐに空けてしまい、二本目を注文する。

演劇か……。

ユアの美しさや、夕陽に染まった海にも負けない存在感を思い返すと、それは風俗の世界よりよほど彼女に似つかわしい場所に思えた。言葉数が少ないのに、感情をひしひしと伝えてくる、あの感じもそうだ。舞台女優だったと言われると、なんだかとても納得できる。

ただ、スマートフォンで「劇団トーイ」を検索すると、どうやら無名に近い小劇団のようだった。公式ホームページはセンスのいいデザインでまとめられていたが、商業的な匂いはまったくしない。アート系というのか、サブカル系というのか、美久は演劇にまるで詳しくないのでよくわからないが、趣味を謳歌《おうか》している雰囲気である。

「所属メンバー」をタッチすると、いちばん上にユアの写真が載っていたので、ドキッとした。驚いたことに、名前もユアのままだ。風俗嬢の源氏名と舞台に立つときの芸名が同じということに、激しい違和感を覚える。

今度は「過去公演」をタッチした。第三回から最新の第七回まで、ユアが主演していた。これはつまり、看板女優ということではないだろうか。公演の日付は、古いものが去年の九月で、新しいものが今年の八月である。美久と伊豆の海で会った直前ということになる。

美久はレジにいた店員に断りを入れていったん店を出ると、ホームページにあった電話番号にかけてみた。看板女優ならば、劇団に問い合わせれば、すぐに居場所を特定できるかもしれない。

「もしもし……」

幼げな声の女が出た。

「すいません、劇団トーイの番号ですか？」

「えっ、はい……」

声が少し戸惑った。アマチュアの小劇団なので、メンバーの誰かの携帯電話なのだろう。マネージメントオフィスではなさそうだ。

「ユアさんって女優さん、そちらに所属してますよね？　わたし、彼女の友達なんですけど、連絡がとれなくて困ってるんです……教えてもらうことはできないでしょうか？」

「いえ、その……」

女の子の声があからさまにこわばった。

「ユアさんはもう、うちの劇団にいません。八月にやめました。ホームページの担当者も同時期にやめちゃったんで、リニューアルできないままなんです」

なるほど、風俗店のような悪意はなくても、やめてもそのままになっているわけか。情報を発信するのは簡単でも、正しく発信しつづけるのが難しいのがネット社会なのかもしれない。

「連絡先だけでも教えてもらえませんか？　できれば住所を……」

「それはちょっと……確認してみないと……」

口ごもりながら断られたので、美久は電話を切った。落胆しながら店内に戻り、元の席に腰をおろした。すでに退団しているなら、電話で住所を聞きだすのは難しいかもしれない。いくらアマチュアの小劇団でも、素性のわからない相手に個人情報をもらさないだろう。

「もう飲んでるのか？　まだ五時前だぜ」

後ろから声をかけられ、美久は振り返った。ライトグレイのスーツを涼やかに着こなした男が立っていた。ハイネケンの瓶を見て苦笑している。待ちあわせをした相手だった。

矢崎琢磨《やざきたくま》。一見スマートな優男《やさおとこ》だが、表社会の人間ではない。法律を踏み越えることもあれば、暴力に暴力で対抗することもある。

向かいの席に座ると、ウエイトレスが水を持ってきた。

「ホットコーヒー、砂糖もミルクもいらない」

ぶっきらぼうに言い、美久を見た。遠くを見るような眼で見つめてきた。懐かしい眼つきだったが、美久は視線を泳がせた。やはり気まずい。

「久しぶりだな。半年ぶりくらいか」

「そうね……」

　半年前、知りあいのライターがざっくばらんに話が聞ける風俗関係者を探しており、矢崎を紹介したことがあった。美久はそのライターに借りがあった。なければ紹介したくなかったし、あまり連絡もとりたくなかった。美久は風俗嬢時代、矢崎の経営するデリヘルで働き、彼と付き合っていた。矢崎の店を最後に風俗からは足を洗ったから、もう三年以上も前の話になるが、そのときに負った傷はまだ癒えていない。

「道玄坂に〈パンドラ〉って店あるじゃない？」

　視線を合わせずに訊ねた。

「知ってるでしょ？」

　矢崎は「ああ」とうなずいた。

「けっこうな老舗《しにせ》だろ。店舗型の中じゃ評判もいい」

「そこで働いてたユアって子を捜してるんだけど」

「女の子までは知らないよ」

「この子なんだけど……」

　美久はスマートフォンで〈パンドラ〉のホームページを開き、ユアの写真を見せた。

「すごい美人だから、噂だけでも耳に入ってないかと思って……」

矢崎は力なく首を振った。

「俺は自分とこの女の子で手一杯だ」

「〈パンドラ〉の元店長と付き合ってたらしいけど……知らないか……いくらあなたでも、そこまでの地獄耳じゃないか……」

美久はしどろもどろになり、顔を伏せた。矢崎は言葉を返してこない。沈黙が重く、チラリと眼を向けると、ひどく哀しそうな顔をしていた。わざわざ呼びだしておいて、それが用件なのか——心の声が聞こえてくるようだった。

「……ごめんなさい」

美久は深くうなだれ、彼に連絡したことを後悔した。矢崎はまだ三十代半ばと若いのに、ピンサロ、デリヘル、回春マッサージと次々に人気店をプロデュースし、現在都内で十店舗を超える風俗店を経営しているやり手だった。当然業界で顔が広いから、なにか知っているかもしれないと思ったのだ。

いや……。

本当はただ会いたかっただけなのかもしれない。顔を見て話をしたかっただけなのかもしれない。二十九年間生きてきてただひとり、愛しているという感情を抱いたことのあるこの男に……。

二十二歳から二十六歳にかけての四年間、美久は風俗業界で働いていた。店舗型のファッションヘルスを皮切りに、デリヘルやソープランドを渡り歩き、数えきれないほどの男に抱かれた。生活は荒れていた。眼もあてられないほどだった。ただし、最後の三カ月間だけは違う。浴びるように酒を飲むこともなくなったし、買い物依存で精神の平衡《へいこう》を保とうとするのもやめた。もちろん、ホストクラブで服を脱ぎ、ストリッパーの真似事をするようなことも……。

矢崎と付き合いはじめたからだ。

〈パンドラ〉の男も言っていたが、店の男と女の子が付き合うことは、風俗業界では御法度だった。例外がひとつある。イロカンだ。そういう隠語が風俗業界にはある。色で管理すること、つまり、店の男がセックス込みの恋愛で女の子を縛りつけ、働かせることである。

矢崎にベッドに誘われたとき、美久はてっきりイロカンをしようとしているのだと思った。べつにどうだってよかった。イロカンをしたければすればいいと思ったし、そのときたまたま寝てみたかったから寝ただけだ。

本人は決して認めようとしないけれど、おそらく矢崎も最初はイロカンのつもりだったはずだ。いささか生意気な女を手練手管《てれんてくだ》で骨抜きにし、金の生る木に育てあげようとしていたに決まっている。

だが、お互いに嵌《は》まってしまった。

嘘にまみれた恋愛劇を、嘘とわかって楽しもうとしていたはずなのに、気がつけば本気で矢崎を愛していた。矢崎も本気だったと思う。風俗嬢をやめて一緒に住もうと言ってきた。信じていいものかどうか、美久は迷った。あのころは、なにもかもが怖かった。愛しすぎていることも怖かったし、信じきってしまうことはもっと怖かった。

見えないなにかに怯え、金縛りに遭ったように動けないでいるうち、矢崎の秘密がめくれた。別に女がいた。矢崎はそれこそイロカンで、愛情なんてまったくないと言い張ったが、相手は一緒の店で働いている、美久の親友だった。

ナナセという名の彼女は、矢崎にぞっこん惚《ほ》れ抜いていた。美久も矢崎を愛していたが、ナナセを裏切れなかった。恋人は別れてしまえばそれまでだが、親友は一生のもの――そういう強い絆で結ばれていると信じて、矢崎に別れを告げた。すると矢崎は、ナナセに別れを告げた。自分が愛しているのは美久なのだと、はっきり言ったらしい。

まるでドミノ倒しのようなものだった。となると、次に倒れてくるのは美久のところとなるわけだが、ナナセは美久に絶交を言い渡してこなかった。もっとひどい形で別れを告げた。マンションの屋上から飛びおりて死んでしまったのである。

美久は店をやめた。

風俗からも足を洗うつもりだった。

「待ってるから」

別れ際、矢崎は言った。

「俺が愛してるのはおまえだけだ。ナナセには気の毒なことをしたけど、自分の気持ちに嘘はつけない。いろいろ落ち着いたら、俺たちやり直そう」

美久は矢崎を突き飛ばして、その場を立ち去った。腹がたってしかたがなかった。矢崎に対しても、自分に対しても……。

その後も、矢崎はよく連絡をしてきた。やり直したい気持ちは本物のようだった。美久はとてもそんな気になれなかった。それでも、半年に一度くらいは会って、食事をしていた。泥酔して矢崎にからむことでやりきれない気持ちをまぎらわすためだったが、本当はただ会いたかっただけなのかもしれない。それに気づいて、なるべく会わないようにしていたはずなのに……。

「友達か？」

矢崎がスマートフォンを指差して言った。

「そのユアって女、仲がいいのかい？」

矢崎の声がどこかこわばっているのは、ナナセのことを思いだしたからだろう。美久には、女友達を過剰に大切にするところがあった。より正確に言えば、同性の仲のいい友達を過剰に欲しているところがあり、矢崎はそれをよく知っている。

「会ったこともない人よ」

美久は苦笑まじりに嘘をついた。

「仕事で取材をすっぽかされてね。頭にきたから一生懸命捜してるんだけど、携帯も持ってないような子だから、なかなか見つからなくて……」

「フリーライターの仕事、順調なのか？」

「どうかな？　ボチボチ……」

「もう一回見せてくれ」

美久はスマートフォンにユアの写真を出し、矢崎に渡した。

「たしかに美人だな……捜すってどこまでのレベルだ？　草の根分けても捜しだせっていうなら、極道でもなんでも使って捜してやるが……」

矢崎の眼つきがにわかに険しくなったので、

「ううん、そこまでは」

美久はあわてて首を横に振った。矢崎には、それができる力があった。実際、店の売上を持って行方《ゆくえ》をくらました従業員を、やくざのネットワークを使って捜しだしたことがある。

持ち逃げされた売上がそっくりなくなるくらい、金がかかったらしいが。

「冗談だよ」

矢崎の表情から険しさが抜けた。

「だったら、俺んとこの系列の人間に訊いたり、知りあいにあたってみることくらいしかできないけど、それでいいかい？」

「……ありがとう」

美久は身をすくめ、小声で礼を言った。

「まあ、いい」

矢崎はわざとらしく溜息《ためいき》をつき、声音《こわね》を明るくした。

「せっかく会ったんだ、今夜は豪勢にいこう。時間、大丈夫なんだろう？」

「ごめんなさい！」

美久ははじかれたように立ちあがり、伝票を手にした。矢崎と一緒に食事をしたいと思っていたから、夕刻の渋谷で待ちあわせたのだった、しかし、そんな自分が急に恥ずかしくなった。

「この後ちょっと予定があるから、今日はこれで」

座ったままの矢崎を残し、逃げるようにその場を後にした。

6

翌日、美久は下北沢にある小さな劇場に向かった。

ゆうべのうち、劇団トーイに取材を申し込むメールを出したのだが、驚くべき早さでレスがきた。

——すごいグッドタイミングです。明後日から四日間、下北沢で公演があって、明日はゲネプロなんです。それを取材していただいて宣伝してくれたら、とっても嬉しいんですが……。

メディアの取材などめったにない小劇団だからだろう、メールの文面からも手放しの喜びが伝わってきて、美久は罪悪感にかられた。取材をしても、決して発表されることがないのだから……。

ゲネプロというのは、本番そのままの通し稽古《げいこ》のことらしく、邪魔にならないように時間を指定してもらった。午後一時。ただでさえ賑々しい下北沢の駅前商店街はランチタイムでごった返していたが、劇場のあるらしき方向に向かっていくほどに、あたりはひっそりしていった。

こんなところに劇場があるのかと不安になってしまう住宅街の中で、小さな看板を見つけた。地下へ続く階段をおりていくと、赤いジャージの上下を着た女の子が荷物を運んでいた。声をかけ、名刺を渡して取材に訪れた旨を伝えた。「ちょっと待っててください」と女の子は劇場の中に入っていった。すっぴんなのに、輝くようなつるつるの肌をしていた。高校生だろうか、ずいぶん幼げだった。どんなに年上に見積もっても、二十歳以上には見えない。しばらくすると、男がふたり現れた。こちらも若い。せいぜい二十二、三歳といったところか。

「僕、演出の金沢です」

ひとりが頭をさげ、

「脚本を書いた松山です」

もうひとりもそれに倣《なら》う。

「どうぞ、中に入ってください。これからゲネプロなんで、ごちゃごちゃしてますが」

劇場の中に通された。舞台は十メートル程度で、床はコンクリート、客席に並んでいるのはパイプ椅子という素っ気ない空間だった。座席数は三十くらい。舞台には、学校の教室らしき書き割りが置かれていた。窓から夕陽が差しこんでいるノスタルジックな風景なのだが、どうにも稚拙《ちせつ》な感じがする。

「今回の公演は、劇団トーイにとって分岐点になる重要なものなんです」

演出の金沢が説明してくれる。

「最近のうちの作品は、ちょっとおどろおどろしい、意味がよくわかりにくいサイコサスペンスみたいなのが多かったんですけど、今回は日常生活の中にある、人の心のすれ違いをテーマにしてましてて……」

美久は渡されたチラシを見た。たしかに変化があったらしい。ホームページで見た過去公演は『ポゼッション』だの『ギニョル』だの『荒魂』だの、タイトルからして凄《すご》んでいたし、眼を剝いて笑うユアの写真はエキセントリックそのものだった。

しかし、今回のチラシに刷られたタイトルは『黄色い窓』で、舞台の書き割りと同じ牧歌的なイラストがフィーチャーされている。

「どうして方向性が変わったんでしょう？」

美久が訊ねると、若い演出家と脚本家は眼を見合わせて苦笑した。

「いままでワンマンでやってた主宰者がやめちゃったんです。ずっと主演をしてた女優も一緒にいなくなったから、作風もガラッと変えるしかないって言いますか……はっきり言って、劇団名も変えたほうがいいくらいなんですけどね。少しだけど熱心なファンの人もいるからそれもできなくて……」

「主演女優はユアさんって人だったんですよね？」

その瞬間、空気が変わった。若い演出家と脚本家はもちろん、まわりで聞き耳をたてていたスタッフの顔まで、はっきりとこわばった。

しかし、訊ねないわけにもいかず、美久は言葉を継いだ。

「ユアさんってどうしてやめちゃったんですか？　ホームページの写真を見ると、すごい存在感で、いかにも看板女優って感じでしたけど……」

言葉は返ってこなかった。

重苦しい空気の中、

「いいじゃないですか、やめちゃった人のことなんかどうだって」

後ろから誰かが言い、残りの全員がうなずいた。美久はしかたなく話題を変えた。その後も会話ははずむことがなく、用意してきたカメラでおざなりに写真を撮って、劇場を後にすることになった。

重い足取りで駅に向かう道を引き返した。

足取り以上に、気分が重かった。

ユアの居所を聞きだすのは、とても無理そうだった。名前を出しただけで空気が凍りついてしまうのだから、無理に決まっている。

彼らとユアの間に、なんらかのトラブルがあったことは間違いなかった。そうでなければ、いくらなんでもあの反応はおかしい。

いちばんありそうなのは、ユアが風俗で働いていたことがバレてしまったという線だ。彼女が風俗を始めた時期が定かではないので、劇団と並行してやっていたのかどうかはわからないが、可能性はある。

ミュージシャンとかダンサーとか、それこそ舞台俳優とか、風俗嬢には夢を実現させるために頑張っている者が少なくない。しかし、まわりにそれを公言している者は、ほぼ皆無ではないだろうか。

ユアの場合、店のホームページに目線も入れず顔を出していた。あそこまで無防備ならすぐにバレるし、言い逃れもできない。

いくら無名のアマチュア小劇団でも、看板女優が風俗嬢というのは、外聞が悪いに違いなかった。なにが悪い、と居直っても無駄だ。せめてこっそりやるくらいの気遣いをしなくては、まわりから人が離れていく。

「すいませーん」

声をかけられ、美久は振り返った。整然とした住宅街の道を、赤いジャージを着た女の子が自転車に乗って追いかけてきた。顔はやはり幼げだったが、視線を惹《ひ》きつけるなにかがあった。眼力が強いせいか、あるいは小柄な体が俊敏そうだからか……。

「わたし、仁科綾音《にしなあやね》っていいます。今度の公演で主演する」

瞳を輝かせて言われ、美久は小さく驚いた。まさかこの子が、ユアの後を継ぐ主演女優だとは思わなかった。

「神谷さんって、昨日電話してきた人でしょ？　ユアさんの友達とか言って」

「ああ……」

美久は気まずげに視線を泳がせた。

「ごめんなさい。友達っていうのは嘘なの。でも、過去公演の写真を見てたら、彼女すごい存在感だったから、話が訊いてみたくなって……」

嘘に嘘を重ね、なんとか誤魔化《ごまか》す。

「ユアさんって、そんなに存在感ありました？」

「ホームページを見る限りだけど……」

困惑しきりの美久に、綾音は挑むような視線を向けてくる。顔に似合わず、勝ち気な性格らしい。ユアに対する対抗意識を剝きだしにしている。

「仁科さんは、彼女のことどう思うの？」

「最低な人です」

きっぱりと言われ、美久は面食らった。

「……どうして？」

「前の主宰者とデキてたんです。だからずっと、あの人ばっかり主演してて……」

綾音から伝わってくる露骨な悪意が、美久に眉をひそめさせた。それが気に入らないとばかりに、綾音は続けた。

「主宰者だけじゃないですよ。はっきり言って、劇団内で何股もかけてて……ほとんど全員と寝てたんですから。すごくないですか？　あんなやりまん、見たことも聞いたこともない……」

綾音の言い方があまりにも辛辣《しんらつ》なので、美久はカチンときた。よせばいいのに、反論してしまった。

「でもそれは、ユアさんばかりが悪いとは言えないんじゃないかしら。相手の男はどうなの？　劇団内の風紀を乱したくないなら、寝なければいいと思うけど。誘われたって、断れば……」

「はあ？」

綾音は眼を吊りあげ、頰をふくらませた。

「断れるわけないじゃないですか、あんな美人が誘惑してきたら。美人なだけじゃなくて、超エロいし。牝の匂いぷんぷんだし……とにかく、うちのこと紹介してもらえるのは嬉しいですけど、ユアさんについてはなにも触れないでください。うちの劇団員、全員のトラウマですから！」

綾音は吐き捨てるように言うと、自転車に飛び乗って去っていった。美久は呆気《あっけ》にとられ、綾音の背中が見えなくなっても、しばらく彼女が去っていった方向をぼんやり眺めつづけていた。

先ほどの、地下にある小劇場の風景を思いだした。ざっと二十人近くの人間がいた。全員が劇団員かどうかはわからないが、男のほうが多かった気がする。十二、三人として、ユアはその全員と肉体関係を結んでいたのか……。

彼女が劇団と風俗を並行してやっていたという仮説は、どうやら間違いのようだった。風俗嬢でも彼氏やセフレがいる女はいるけれど、十何股もかけているという話は聞いたことがない。

ユアはつまり、悪事がバレて劇団を追いだされてから、風俗で働くようになった――その順番が正しいようだ。さすがに劇団に在籍しながら、劇団で使っているのと同じ名前を使って風俗嬢をしていたわけではないらしい。伊豆で会ったときは、風俗をしていたのか、していなかったのか……。

美久はなんだか気分が悪くなってきた。歩きだそうとすると、眩暈《めまい》がした。にわかに心臓の鼓動が速くなって、胸まで苦しくなってくる。過呼吸になるかもしれないと怖くなり、道の端に寄ってうずくまった。

そっくりだった。

ユアを見つめようとすればするほど、鏡を見ているように自分が見つめ返してくる。ディテールの違いはあるにせよ、ユアを追っていけば、自分の過去にぶちあたる。葬り去ったはずの嫌な記憶が蘇り、冷や汗がとまらなくなる。

やりまん、と卑下されたことが、美久にもあった。

言われてもしかたがないことを、しでかした過去があった。

7

大学時代の話だ。

四年のとき、なんの気なしにとった日本美術史のゼミで、仲間がたくさんできた。美久はサークルに属していなかったので、大学で仲間意識がもてる友達ができたのは初めてだった。

そのときのメンバーと、不思議なくらいウマが合ったのだ。おかげでそれまでさして興味のなかった日本美術も好きになって、みんなで連れだって美術館や神社仏閣をまわったり、地方まで神楽《かぐら》や薪能《たきぎのう》を観にいったこともある。

ちょうどお酒の味を覚える年ごろだったこともあり、飲み会も頻繁に開かれていた。酔って深い話をすれば、ますます仲がよくなっていくのは当然の流れだった。

人数は十五、六人だっただろうか。コアになるメンバーが男女三人ずついて、美久はそのうちのひとりだった。リーダーシップをとるタイプではないし、世話を焼くのが好きだったわけでもない。住んでいたアパートがみんなの溜まり場になっていたからである。

大学のすぐ近くにあり、美久は料理を苦にしないタイプなので、お金のない学生にはかっこうの宴会場となったわけだ。ただ単にお腹《なか》をすかせているだけで立ち寄る男子や、両親と喧嘩しているから泊めてくれという女子もいたが、当時の美久はそういう生活が新鮮だったので、例外なく歓迎した。彼ら彼女らが帰ったあと、散らかり放題の部屋を片付けることさえ、祭りの余韻を嚙《か》みしめているようで、なんだか楽しかったことをよく覚えている。

ただ、朝まで飲んで男女が入り乱れて雑魚寝《ざこね》をするようなことが続くと、仲がいいのを通り越して、人間関係がだらしなくなってくる。当時の美久は、そういうことがまるでわかっていなかった。ある日、ひとりで泊まりにきたコアメンバーの男子に体を求められ、応じてしまった。

好きとか愛してるとか彼女になってほしいという感じではなく、欲情してしまって苦しいみたいな言い方をされた。それをうまくなだめるスキルが、若い美久にはなかった。拒絶することもできたはずだが、せっかくのいい関係を壊したくなかった。処女でもなかったので、もったいぶった面倒な女と思われることを恐れてもいた。

相手のことは嫌いではなく、むしろ好感をもっていたほうだったので、いっそのこと付き合ってしまってもいいかと思っていたが、恋愛に発展することはなかった。翌日大学で顔を合わせても彼は涼しい顔をするばかりで、けれども忘れたころにまたやってきて体を求めてくる。

自分でも不思議なのだが、都合のいい女にされている自覚はなかった。それよりも、仲間意識の強い集団の中で彼とふたりだけの秘密を共有していることに、なんとも言えない暗い興奮を覚えていた。

そこまでなら、よくある話かもしれない。

美久はしかし、あとふたりのコアメンバーにも体を求められて、関係をもってしまったのだった。誰も彼も、まともに告白して交際を求めてくることなく、美久の部屋に飲みにきて、酔った勢いで服を脱がせてきた。

安く見られてる、と大人になったいまなら憤慨するに決まっているが、当時はなんだかモテている気がしていたのだから、まったくどうかしている。ゼミ室で議論しながら、活発に発言するコアメンバーの男子三人を眺め、内心でニヤニヤしていた。彼らが夢中になって乳房を揉んだり、鼻息を荒らげて乳首を吸ったりする表情を、自分は知っている。日常生活では決して見せることのない、射精するときの恥ずかしい顔まで知っていると思うと、秘めやかな暗い興奮は優越感へと上昇していき、自分が特別な存在に思えてくるのだった。

もちろん、とんでもない思いあがりだった。

次第にまわりでも仲間意識が恋心へと変わっていく者が出始めて、冬が始まるころ、告白合戦が始まった。うまくカップルになれた者、なれなかった者、結果は悲喜こもごもだったけれど、友情は健在だった。不思議なくらい、気まずい雰囲気になることなく、ふった者もふられた者も、毎週きちんとゼミにやってきたし、飲み会にも参加していた。

しかし、美久だけは別だった。もうどういう経緯でそうなってしまったのかよく覚えていないけれど、三人と寝ていることがみんなにバレた。彼ら自身もまさかと思っていたようだし、まわりはもっと驚き呆れた。冷たい視線が集まってきた。美久はコアメンバーの女子ふたりを呼びだして、必死に弁明した。聞く耳をもってもらえなかった。彼女たちはそれぞれに、美久と寝ていた男たちのことを異性として意識していたのである。

毎日のように誰かが遊びにきていた部屋が、急に静かになった。誰も寄りつかなくなってみると、六畳と四畳半のそれほど広くない部屋がガランとして感じられ、淋しさが身に染みた。

悪いことをした、という自覚はあった。納得いかないのは、仲間からはじきだされたのが美久だけであり、美久を抱いた男たちはいままで通りの人間関係の中に平然と収まっていることだった。むしろ同情されていた。魔性のやりまん女の毒牙にかかって可哀相、と……。ちょっと待ってくれ、と思った。美久はなにも、自分から彼らをベッドに誘ったわけではない。彼らのほうから誘ってきたのだ。欲情しすぎて苦しいからと、セックスの相手を頼まれたのだ。

なのに……。

いつの間にか、美久のほうから誘ったことになっていたのは、怒りを通り越して哀しくなった。そういう噂を積極的に流しているのが、親友だと思っていたコアメンバーの女子ふたりだと知り、愕然《がくぜん》とするしかなかった。

クリスマスやお正月という冬のイベントをひとりきりで過ごし、袴《はかま》にブーツの晴れ姿で参列した卒業式ですらひどい孤独を噛みしめることになった。他に友達がいなかったわけではないけれど、美久が一緒にはしゃぎたい仲間は誰ひとり声をかけてくれることなく、すれ違っても視線すら合わせてくれなかった。

自分を抱いた男たちの裏切りより、女友達に冷たくされたことがこたえた。一年にも満たない短い時間だったけれど、夜通しおしゃべりして深めたはずの友情がひどく虚しく感じられた。悪いのはわたしだけじゃないと言いたかったし、実際言ったこともあるのだが、返ってくるのは軽蔑にまみれた冷笑ばかりだった。


ユアを思った。

劇団員の男全員と肉体関係をもつというのはさすがにやりすぎなような気もするが、本当に彼女だけが悪いのだろうか。万人を納得させることができなくても、ユアにだって彼女なりの事情があったはずだ。そして抱いた男にだって責任はある。あるに決まっているのに、彼らは劇団にとどまっている……。

『うちの劇団員、全員のトラウマですから！』

綾音は唇を歪《ゆが》めて吐き捨てていたけれど、それを言うならユアのほうがよほどトラウマになっているはずだろう。少なくとも、寄ってたかって追いだしたほうは孤独ではない。

美久は大学卒業後、人間関係への極度の失望感から自暴自棄になり、就職した保険会社をすぐにやめて、風俗の世界に身を投じた。明日のことなど考えず、面白おかしく生きてやろうと思った。

ユアも劇団を追われたあと、風俗の世界に身を投じている。きっと、自分と同じような荒んだ心を抱えて……。

ユアを思えば思うほど、自分と重なっていく。決して愉快なことではなかったが、同時にユアという人間の本質に、近づいていっている実感もあった。

彼女は綺麗なだけの女ではなかった。

どういうわけか、美久はそれがどこか嬉しいのだった。

綺麗なだけの女だったらきっと、初対面であれほどウマが合わなかったはずだと思った。お互いプライヴェートは隠していたにもかかわらず、魂が共鳴していたのだ。そうでなければ、たった三日間とはいえ、あれほど楽しい時間を過ごすことなどできなかったはずである。

第二章　殺意と快楽

1

玄関の呼び鈴で、美久は眼を覚ました。

どこかの編集部から宅配便が届いたらしい。眼をこすりながら枕元のスマートフォンを見ると、正午に近かった。ゆうべは明け方まで眠れなかったので、それでもまだ眠い。

「すいませーん。ちょっと待ってください」

扉の向こうに声をかけ、服を探した。寝るときは、ノーブラにTシャツ、ショーツだけなのだ。シャツを羽織り、部屋着のショートパンツを穿《は》いて、ドアを開けた。

立っていたのは、宅配便の配達員ではなかった。

榊木だった。

美久の体を押しのけ、靴を脱いで勝手に部屋にあがりこんでくる。

「殺風景なところだな。それに狭い。六畳もないだろう？」

大きなお世話だ、と美久は胸底で吐き捨てた。睨んでみようとしたものの、寝起きなので眼に力が入らない。

住所を記してある名刺を渡したことを、心の底から後悔した。まさかいきなりやってくるほど、不躾《ぶしつけ》な男だとは思っていなかった。

「なんですか……いったい……」

「抱きたくなった」

つまらない冗談だった。美久が呆れた顔をすると、榊木もつまらなさをしみじみ実感したようで、照れたように唇の端で笑った。そして、口をきかなくなった。不意に腰を抱かれ、美久は身をすくめた。榊木はもう笑っていなかった。息のかかる距離で、まじまじと顔をのぞきこまれた。

牡の欲望が伝わってくる。抱きたいというのは、どうやら冗談ではなかったらしい。EDの榊木は女を抱くことができない。しかし、そのかわりに女をしつこく責めてくる。数えきれないほど絶頂に導こうとする。彼にとって「女を抱く」とは、その意味なのかもしれなかった。

「……んんっ！」

唇を奪われた。いきなり口の中に舌を突っこまれ、息のとまるような深いキスになる。寝起きなので口臭が気になったが、榊木はおかまいなしに舌をしゃぶりあげてくる。そうしつつ、シャツを脱がそうとする。

「やめてください」

美久は身をよじったが、榊木は聞く耳をもっていないようだった。強引にシャツを脱がされ、Tシャツにも手がかかる。美久が抵抗したので、生地が破れる音がした。冷や汗が首筋を伝っていく。

榊木はこのまま始める勢いだったが、ここはラブホテルではない。この前のように執拗に責められれば、淫らな声が隣近所に聞こえてしまう。榊木はおかまいなしに立ったままショーツまでずりおろしてきた。みじめさを嚙みしめながら背中を丸める美久の体に、熱い視線を注ぎこんだ。

怖いくらいに興奮が伝わってくる。どうやら榊木は、この体を気に入ったらしい。もちろん、嬉しくもなんともなかった。警察しか知り得ない秘密の情報を得ようとして、美久は榊木に体を預けた。その件はすっかり放置したままなのに、自分の都合だけで部屋に押しかけてきて、体を求められても困る。それが許される相手は、値段がついている風俗嬢だけだ。

「待ってください、榊木さん……ちょっと落ち着いて……」

なだめようとする美久を、榊木はベッドに押し倒した。いきなり両脚をひろげられ、クンニリングスが始まった。荒々しく舌を動かし、女の性感帯という性感帯を舐めまわしてくる。

美久は哀しくなってきた。こんな目に遭っている自分が、哀しかったわけではない。こんな目に遭っているにもかかわらず、濡らしはじめている自分が哀しくてしようがなかった。


一時間後。

美久は全裸のままベッドに手脚を投げだしていた。またもや失神するまでオルガスムスを与えられた。美久は声をこらえるのに必死だった。かろうじて意識を取り戻しても、息も絶えだえで起きあがることができない。

そんな美久を尻目に、榊木は勝手に冷蔵庫を開け、ミネラルウォーターのボトルを出し、グラスも使わず直接口をつけて飲んだ。

最低な男だった。そしてまた、勝ち誇ったようなニヤニヤ笑いだ。死ねばいいのに、と胸底でつぶやく。

「ユアのこと、仲間に訊いてくれたか？」

「はあ……」

美久は曖昧にうなずいた。

「いちおう何人かには……まだ返事は来てませんけど」

嘘ではなかった。矢崎だけではなく、WEBサイトの編集者や業界に顔が広そうな人間に、ユアの写真は送ってある。レスが来ていないのも、嘘ではない。

「もっと頑張って捜してくれ」

「人を捜すのは警察の仕事じゃないんですか」

「それができれば苦労はしない」

叱りつけるように言われ、美久は深い溜息をついた。

いったいこの男はなんなのだろう？

いきなり自宅にあがりこまれ、屈辱的な目に遭わされたお返しがしてやりたかった。ユアに関する情報をなにか得ることができれば、少しは溜飲《りゅういん》がさがりそうだった。

「そもそも、どうして彼女を捜してるんですか？」

榊木が睨んでくる。

重い沈黙が、いつかの取り調べ室を思い起こさせる。

「捜してくれ」

「どうしてわたしが……」

また重い沈黙だ。

「内偵に入ってたんですよね？　〈パンドラ〉に」

榊木の表情は変わらない。

「せめてもう少し、情報をください。じゃないと、捜すのにも限界があります」

「内偵とか捜査とか、そんな大げさな話じゃないんだ。もしそうなら、素人のキミに頼むわけがない」

「そう言われても……」

「捜してくれ」

「わたしにも……仕事があるんですけど……」

火急の締め切りはなかったが、頭ごなしに命じられる関係でもない。すると榊木は、財布から千円札を三枚抜き、テーブルの上に置いた。アルバイト代のつもりなら、ナメてる。ブラック企業の経営者もびっくりのケチくささだ。

呆れていると、スマートフォンが鳴った。

矢崎からの電話の着信だった。

放置していると、

「出ろよ」

榊木がうながしてきた。

美久は首を横に振ったが、

「いいから出ろ」

しつこく言うので、しかたなく出た。

「ごめんなさい。すぐにかけ直す」

そう言って、答えを待たずに切った。榊木の前で、しかも丸裸のままで、矢崎と話をしたくなかった。

「男か？」

榊木が不潔な笑みをこぼしたが、美久は無視した。

「とにかく、ユアを捜してくれ。なにかあったらすぐに連絡が欲しい。こっちもなにか情報が入ったら知らせることにする」

わたしはあなたの部下じゃない、と美久は言いたかったが黙っていた。無愛想に玄関から出ていく榊木の姿を見送りながら、どうしていきなり押し倒され、何度もイカされたのだろうかと考えた。そうしたかったからというより、こちらを言いなりにするためのような手段のような気がした。本当にナメていると、悔しくてたまらなくなった。

服を着け、何度か深呼吸してから、矢崎に電話をかけた。

美久は電話の向こうにいる矢崎に聞こえないように注意しながら、大きく息を吐きだした。

「ユアが見つかったぞ」

開口一番、矢崎は言った。

「どこにいたと思う？　なんとうちの系列店にさっき面接に来たらしい。鶯谷《うぐいすだに》のデリヘルだ。そこの店長も驚いてたよ。いちおう、劇団のホームページからコピペした写真を系列店全部に送っておいたんだがな。彼女、ユアってそのまま名乗ったらしい」

2

榊木に連絡するのは、ユアに会ってからにしようと思った。

捜査とは関係ないという言葉を、そのまま信じるわけにはいかなかった。いきなり自宅まで押しかけてくるなんて、彼女を捜さなければならない捜査上の裏事情があるような気がしてならない。あるのならよけいに教えられない。まずはユアと再会し、心当たりを確認するほうが先だ。

ＪＲ目黒駅前のロータリーで、矢崎にクルマで拾ってもらった。四年落ちのＢＭＷ３２０ｉ。助手席に乗りこむと、懐かしさがこみあげてきた。美久が毎日のように乗せてもらっていたころは、まだ新車の匂いがした。矢崎は、カフェのテーブルやバーのカウンターではなく、首都高速をクルマで流しながら話をするのが好きな男だった。話の内容がシリアスであればあるほど、そうだった。

「さっきの話だけど……」

ハンドルを握った矢崎の横顔は険しかった。

「本気なのか？」

「……うん」

美久は前を見たまま答えた。先ほどの電話で、待機室にいさせてくれないかと頼んだ。そうすれば、同じ店で働く女として、ユアに再会できる。

賭《か》けではあった。

そんな気まずい再会を、ユアでなくても歓迎する者はいない。しかし、お互いに風俗嬢となれば、もはや隠し事など必要のない関係にもちこむことができる。深い話もできるに違いないし、しなければならない。

なにしろ、彼女のことを捜査一課の刑事が捜しているのだ。その事実を伝え、もし必要なら手を貸したい。榊木はとぼけるのをやめないけれど、彼女がなんらかの刑事事件に関わっている可能性はゼロではないと、美久は思っていた。それでもユアに求められれば、なんでも手を貸すつもりだった。

「訊いてもいいか？」

運転席の矢崎が言った。

「どうしてユアって子を捜してる？」

「言ったじゃない。つまらないコラムのネタよ」

「ただ捕まえるだけなら、待機室にいる必要なんかないだろ」

「さりげなく仲良くなりたいの」

「本当か？」

「伝説の風俗嬢なんですって。気まぐれで、わがままで、でもとびきり美人でサービスも最高……」

空気が重くなった。

「ごめんなさい。協力してもらうのに、いまの嘘はちょっとひどかったね。詳しくは言えないんだけど……うーん、説明するのが難しいな」

「やっかいごとじゃないんだな？」

「それは大丈夫」

自信のなさを、顔に出してはならなかった。

「ならいい。説明できる状況になったら、説明してくれ」

「……やさしいね」

会話が途切れたのは、矢崎が皮肉と受けとったからだろう。そのやさしさを、どうしてナナセに向けてあげられなかったのかと、責められた気になったからに違いない。

美久はいま、そういうつもりで言ったわけではなかったし、むしろ矢崎からの無用な気遣いを避けるために事実を伏せた。

だが、かつてそういうつもりで言ったことはある。ナナセとの別れ際、矢崎はとても冷たかったらしい。そうすることで美久に誠意を示そうとしたというが、ナナセは矢崎にぞっこんだった。たとえ矢崎がイロカンのつもりでも……。

だからこそ、ナナセを救ってほしかった。少なくとも、絶望して死を選んでしまうような、そういうところに追いこんでほしくなかった。

もちろん、美久は美久で、矢崎のことを愛していた。自分が愛しているだけではなく、愛しあっている実感があった。矢崎と出会うまで、美久にはそういう経験がなかった。男と付き合ったことはあったが、矢崎との恋愛を基準にすれば、他はすべてままごとのようなものだった。

大切な男であり、大切な関係だった。大切なものだからこそ、美久はナナセに差しだしたのだった。恋愛ならまたすればいいと思った。しかし、友情が壊れるのはもう嫌だった。

きっと友情にも永遠はなく、お互いの生活が変わればフェイドアウトしていくものなのだろう。しかし、大学時代のゼミ仲間のように、信頼していた相手から一方的に関係を切られてしまうのは、恐怖以外のなにものでもなかった。


鶯谷に着いた。

〈スプラッシュ〉というのが店の名前だ。

矢崎が経営しているとはいえ、美久がかつて働いていたのは渋谷にあるデリヘルだったので、足を運ぶのは初めてだった。駅前のラブホテル街から道を一本隔てた、静かな住宅街の中にあるマンションの一室に、〈スプラッシュ〉の事務所兼待機室はあった。時刻はまだ午後二時を少し過ぎたところ。どこのデリヘルでも、出勤している女の子はひとりかふたりという時間帯である。

幸いなことに、女の子は仕事に出ていて、部屋にいたのは若い店長ひとりだけだった。事情は矢崎から伝わっているらしく、佐藤と名乗った店長は、笑顔を浮かべて挨拶してくれた。矢崎が経営している店は、男子従業員の教育が行き届いている。

「ユアって子はいつから働くことになってるんだ？」

矢崎が佐藤に訊ねた。

「明日の遅番からです。十八時からですね」

「どんな子だった？」

美久が訊ねたい質問を、矢崎が先まわりして訊ねてくれる。

「美人でしたよ」

「他には」

「おとなしいっていうか、静かっていうか、落ち着いた人でしたね……」

美久にはそんな印象はなかった。脳裏に残ったユアの記憶は無邪気な笑みを浮かべているところばかりだが、風俗店の面接に来て無邪気に笑っているのもおかしい。

「二十九歳って言ってましたから、まあ、年相応って感じですけど」

「二十九？」

美久が声をあげると、

「なにか？」

佐藤が眼を向けてきた。

「いえ……同い年だなと思って」

美久は笑って誤魔化した。ユアとの共通点が、またひとつ見つかった。

「履歴書は貰《もら》ったんだろ？」

「すいません。明日持ってきてもらうことになってます」

「美人で年齢なりに落ち着いてて、他に気づいたことはないのか？」

矢崎に執拗に追及され、佐藤は腕を組んで唸った。

「そう言われても……あっ、写真撮ったんですけど、見てみます？」

佐藤はパソコンに向かい、画像を呼びだした。ヴァイオレットブルーのワンピースを着たユアが映っていた。やはり、美人だった。ファッションモデルのように小顔で眼鼻立ちが整い、前髪のないボブカットが決まっている。しかも、美しいだけではなく、瞼《まぶた》を半分落とした表情に、アンニュイな色気がある。

風俗店のホームページに載せるにしてはハイクオリティすぎる気がしたが、もちろんカメラマンの腕ではない。ユアが綺麗なのだ。修整も入れずこれほどとは、恐るべき顔面偏差値と言っていい。

「これ撮ってて思ったのは……」

佐藤が言った。

「彼女、写真写りが異様にいいってことです。話していると、こんな感じじゃないんですよ。もっとこう静かっていうか、眠そうって言ってもいいんですけど、写真に撮ってみると全然違って……ほら、これなんか」

パソコン画面に、カメラ目線のユアが映った。たしかに、眼力があった。黒い瞳に求心力がある。この写真を見て、おとなしそうな女だと思う者はいないだろう。ただし、客が指名したいと思うかどうかは別の話だった。体を売っている女にしては、隙がなさすぎる。

風俗店で人気が出やすいタイプを、美久はよく知っていた。かならずしもファッションモデルのような美人でない。むしろ垢抜《あかぬ》けていないほうが指名をとれる。髪が黒く、流行の服が似合わないようなちょっと太めの体型で巨乳、表情も所作も野暮ったく、取り柄と言えば愛嬌くらい――そういう子に健気《けなげ》な奉仕をしてほしいと思っているのが、風俗にやってくる客なのである。

もしかすると、世の中の男は押しなべてそうなのかもしれない。「えっ、こんな綺麗な子がマジでいるの？」とモデル系の写真を見て身を乗りだした客も、垢抜けていない黒髪の巨乳がいれば結局はそちらを指名する。

「なんだか俺まで興味がわいてきたよ」

矢崎が苦笑まじりに言った。

「明日、こっちにまわってみるかな」

「いったいなんなんです、彼女」

佐藤が不思議そうな顔で訊ねる。

「べつにたいした話じゃないさ。気にしないでくれ」

矢崎は言い、美久に帰ろうと目配せしてきた。

「じゃあ、明日十八時にうかがいます」

美久は佐藤に頭をさげた。

「人手が足りなかったら、遠慮なく言ってください。わたしみたいなのでも戦力になるなら、お手伝いしますから」

「ご冗談を」

佐藤が笑う。

もちろん冗談のつもりだったが、矢崎が露骨に不快そうな顔をしたので、美久は首をすくめた。

3

翌日の夕刻、約束の時間より三十分早く、美久は鶯谷に到着した。

さすがに緊張していた。

いよいよユアに会えるということもそうだが、同業者に化けて待機室で話しかけるのが、吉と出るか凶と出るか……。

問題は待機室の空気だった。他に誰もいなければそれに越したことはないが、遅番ではあまり期待できない。

昨日見たマンションの部屋は、扉を開けると靴を脱ぐところがあり、目の前のダイニングキッチンがデスクの並んだ事務所になっている。女の子の待機室は、事務所の奥にある絨毯《じゅうたん》敷きの六畳間だ。

造りそのものはいたって普通であるが、待機室の空気をつくるのはそこにいる人間だった。おしゃべり過剰だったり、威圧的だったりする人がいませんように――できるだけ和やかな雰囲気であることを天に祈る。

呼び鈴を押すと、佐藤が出迎えてくれた。

驚いたことに、事務所のデスクで矢崎がパソコンに向かっていた。本当に来たのだ。美久は視線を合わせず挨拶の言葉だけを投げ、奥の部屋に進んだ。女の子がふたりいた。二十歳そこそこと三十代前半。美久は「失礼します」と明るく言って、空いているスペースに腰をおろした。ふたりとも顔をあげずに軽い会釈《えしゃく》を返してきただけだった。

まあ、こんなものだろう。

美久はスマートフォンを出して時刻を確認した。十七時三十八分。あと二十分ほどで、ユアはやってくる。事務所で電話が鳴り、二十歳そこそこが佐藤に呼ばれて仕事に出ていった。三十代前半は漫画を読んでいる。場慣れするために話しかけてみようかと思ったが、「話しかけるな」というオーラがすごい。

手持ちぶさたになり、スマートフォンをいじった。

写真のフォルダを開き、伊豆で撮った写真を眺める。青い海、白い砂浜、沈みゆくオレンジ色の夕陽――どれもこれも風景ばかりだ。プライヴェートを語りあわないのと同じ理由で、気安く写真を撮ることができなかったのである。

出勤時間の十八時を過ぎても、ユアは現れなかった。そのうち三十代前半が佐藤に呼ばれて仕事に行き、十九時前に二十歳そこそこが戻ってきて、十九時半になってもまだ来ない。

スマートフォンが、メールの着信音を鳴らした。

矢崎からだった。

――無断欠勤の匂いがするな。

――ユアから連絡は？

――ない。佐藤が頭を抱えている。彼女、携帯がないからこっちから連絡もできない。今日、店の携帯を貸してやる予定だったらしい。

美久は深い溜息をついた。

風俗嬢には、世間の常識を軽く見ている気まぐれな猫のようなタイプが珍しくない。なんとなく、ユアもそんな感じかもしれないと思っていた。そもそも美久との出会いにしたって、どこからともなく現れて、気がつけば居候《いそうろう》を決めこんでいたのである。

とはいえ、会えると思っていただけに落胆は大きかった。

結局、ユアは午前零時を過ぎても店に現れず、連絡もないままだった。クルマで送っていくという矢崎の申し出を断って、美久は待機室を出た。

終電間近の山手線は満員で、押しくら饅頭《まんじゆう》状態の一歩手前だった。疲れ果てた気分に、ひどくこたえた。

クルマで送ってもらえば、どれだけ楽だったろう。マナーの悪い酔っ払いに体を押され、酒くさい吐息を吹きかけられてキレそうになりながらも、後悔はしていなかった。いま矢崎とふたりきりになったら、甘えてしまいそうで怖かった。

翌日も、美久は鶯谷に向かった。営業開始の正午から〈スプラッシュ〉の待機室に詰めた。

「このまま飛んじゃうような気がしますけどねえ……」

佐藤が申し訳なさそうに言ってきた。今日は矢崎は来ていない。来る予定もないらしい。

「期待させておいて、ホントすみませんけど……」

「いいえ、べつに佐藤さんが悪いわけじゃないですから……」

「飛ぶ」というのは風俗業界の隠語で、約束を放りだして逃げることを意味する。面接した翌日の初出勤に無断欠勤、その後連絡もなし、となると、美久も飛んだ可能性が高いと思った。

だから正午から詰めていたのは、ほとんど意地だった。諦めたら、そこで試合終了だ。とはいえ、ユアが気まぐれな猫であるなら、約束を放りだして逃げることもあれば、不意に姿を現すことがあるかもしれないとも思っていた。

実際、風俗で働いていたときは、そういうことがよくあった。義理堅く見えた人間が前触れもなく突然いなくなることもあれば、そのうち逃げるだろうと思っていた人間がやっぱり逃げて、けれども薄ら笑いを浮かべながら平気で戻ってくるのがこの世界だった。

午後一時、スマートフォンがメールの着信音を鳴らした。

榊木からだった。

――ユア、鶯谷の〈スプラッシュ〉という店にいるみたいだ。悪いが行ってみてくれないか。俺はいま動けない。できればこっちの手があくまで、張りついててくれると助かる。誰に調べさせているのか知らないが、情報が早かった。やはりユアは、重大事件の捜査と関係しているのではないだろうか。ホームページを確認してみると、キャストの欄に彼女の写真がアップされていた。さすがに「本日出勤」のマークはついていなかったが。

それにしても、いったいなんだと思っているのだろう？

わたしはあんたの部下じゃない、とスマートフォンを持つ手が震えた。三千円払った分、きっちり働けということか。そうでないなら、なんでも言うことを聞く「俺の女」とでも思っているのだろうか。

とんでもない話だ。打算で体を許したこちらも悪いが、榊木となんていますぐ縁を切ったっていっこうにかまわない。

とはいえ、放っておくわけにもいかず、

――もうお店を張ってます！　本人は現れてないですが！

と、レスをした。

――もう張ってる？　やるじゃないか。

レスはしなかった。かといって、他にすることがあるわけでもないのがつらいところだ。風俗嬢をやっていたころ、この退屈な待ち時間を、いったいどうやってやり過ごしていたのだろう？　記憶を辿っても、思いだせない。ケータイやスマホをいじったり、雑誌や漫画を読んだりしていたのだろうが、暇つぶしの時間というものは、恐ろしく記憶に残らないものらしい。

不意に胸が痛くなった。

ナナセのことを思いだしたからだった。

彼女と一緒にいれば、長い待ち時間も退屈しなかった。どこそこのブランドの服を買ったとか、終わったらあそこにごはんを食べにいこうとか、他愛もないことを話しているだけなのに、ふたりでいるといつも笑い転げて、まわりで待機している人たちによく白い眼を向けられていた。

なぜ死んでしまったのだろう？

そもそも、矢崎と肉体関係があったことを、どうして黙っていたのだろう？

知ってさえいれば、美久が矢崎の誘いに乗ることはなかった。

生涯にたった一度と思えるほどの恋愛に発展したとはいえ、始まりは安っぽいものだったのだ。たまたま事務所兼待機室のマンションにラストまで残っていたのが美久と矢崎のふたりだけで、飯でも食うかと誘われたのでイタリアンならと答えたところ、朝の四時近かったにもかかわらず、かなりまともなイタリアンバールにエスコートしてくれ、奢《おご》ってくれると言うので高いワインをバンバン抜き、泥酔してホテルにお持ち帰りされただけである。

当時の美久にとってよくあることだったが、矢崎のセックスは予想を遥かに超えて甘かった。特別なテクニックはなにもないのだけれど、柔らかなクロスで繊細なジュエリーを磨きあげるように、美久の体を扱ってくれた。

いままでそんなふうに自分を扱ってくれた男は皆無であり、へえー、これがやり手の風俗経営者のイロカンですか、と最初は余裕をかましていたものの、何度も何度もイカされているうちに、すっかり夢中になって矢崎の体にしがみついていた。

終わったあとのほうが、記憶が鮮明に残っている。少し眠るという矢崎を残して、美久は先にホテルを出た。路上に出た瞬間、その場にしゃがみこんで泣いてしまった。いままで自分が味わってきたセックスとの、あまりの落差に涙があふれてとまらなくなってしまったのだ。

風俗を利用する客は、どんなに紳士ぶっていても女を欲望の捌《は》け口にしか思っていない。大学時代に体を許した男たちだってそうだった。貢いでいたホストは女を金づるとしか見ていなかったし、いままでイロカンを仕掛けてきた風俗関係の人間もみなそうだった。

欲望の捌け口か金づるか——矢崎のセックスはどちらでもなかった。ただ甘かった。もちろん、イロカンと思わせないでイロカンをしようとしていることは、ほぼ間違いなかった。朝の四時でも営業しているイタリアンというあたりからして、女をその気にさせる手練手管の匂いがする。

それでもその日以来、美久は矢崎のことを強く意識するようになってしまった。用もないのにどうでもいいようなメールを送り、胸を高鳴らせてレスを待っていた。プレゼントをしようとデパートをうろつき、結局なにも買わずに出てきたことが何度もあった。誘いの言葉をかけられれば尻尾を振ってついていき、甘いセックスに泣いた。風俗嬢になって四年目、セックスについてならけっこうなエキスパートになっていたつもりだったのに、矢崎に抱かれると新しい快楽の扉が次々と開いていくのだった。

「イロカンでしょ？」

美久は抱かれたあと、決まって同じ台詞を口にした。

「違うって言ってるじゃないか」

矢崎も決まって、哀しげに眼を細めた。

「じゃあわたしのこと好き？」

「好きだよ」

「愛してる？」

「じゃなきゃ抱かないよ」

「絶対嘘。経営者が店の商品を愛したりするわけないもの」

「いったい何度同じことを言わせるんだ。はっきり言って、イロカンしてる女もいるよ。そういう仕事なんだからしかたない。だけどおまえは違う。店をやめてほしいって思ってるから。もう風俗はあがれよ。一緒に住もう」

美久は鼻で笑って相手にしなかった。むしろ、イロカンならイロカンでかまわなかった。本物以上に見える偽物なら、本物以上に価値があってもおかしくない。たとえ嘘でも、矢崎に抱かれていると愛しあっている実感がある。嘘でもいいから、もっと甘い思いをさせてほしい——それだけが美久の願いだった。そのころの美久は、いまだけを生きていた。

矢崎の愛が本物だとわかったのは、図らずも矢崎がナナセとも関係があることを知ったときだった。美久は矢崎よりナナセを選び、別れ話を切りだした。すると矢崎は、間髪《かんはつ》を容《い》れずナナセに別れを告げたのだ。

信じられなかった。

ナナセは美久の倍の指名数を誇る、店のナンバーワンだったからである。

美久は店のホームページの写真に目線を入れているし、下着までしか露出していないが、ナナセは素顔でバストトップもさらしていた。それどころか、風俗情報誌でヘアヌードまで披露する豪快さで、間違いなく店の看板を背負っていたのである。

そんなナナセをあっさり切った矢崎に、美久は戦慄《せんりつ》を覚えた。

まるでオセロゲームの駒が黒一色から白一色に変わっていくように、それまで偽物でもかまわないと思っていた矢崎の言動が、曇りひとつない本物だったのだと確信させられた。しかし、いくら「おまえを愛してるからナナセを切ったんだ」と言われても、喜ぶことなどできなかった。

矢崎は裏稼業のプロフェッショナルだった。

だから、ナンバーワンのナナセにイロカンをしていた。商品であるから大切に扱う一方で、商品であるがゆえに眉ひとつ動かさず切り捨てることもできる――少なくとも美久にはそう見えた。

いくらなんでもひどすぎると思った。

風俗嬢は商品かもしれないが、物ではないのだ。

血の通った人間なのだ……。

嫌な記憶を辿っていると、眠気が襲ってくるものらしい。

脳が思考を拒否して、シャットダウンしてしまうのだろうか。そのくせ、見るのは悪夢ばかりだからうんざりする。瞼の裏で、ナナセが泣いていた。矢崎の表情は見たこともないほど冷たかった。

待機室でうつらうつらしていた美久は、ハッと眼を覚ました。首筋にかいた嫌な汗を拭い、冷蔵庫から自分の名前が書いてあるペットボトルを出して飲んだ。佐藤の声が聞こえていた。こちらになにかを言っているのではなく、電話で話している。言葉使いは丁寧でも、声音から苛立《いらだ》ちが伝わってくる。

「ですからね、お客さん。何度も言ってるように、ユアちゃんはいまいないんですよ。たしかにホームページに写真は載ってますよ。載ってますけど、本日出勤にも待機中にもなってないでしょ？　っていうことはいないんですよ。どこのお店だって、たいていそうでしょう？」

待機室にいるのは、美久ひとりきりだった。立ちあがり、佐藤に近づいていった。ジェスチャーで、スマホの口許《くちもと》を塞《ふさ》いでくれと伝えた。

「ユアさんを指名してるの？」

佐藤はうなずき、

「まいっちゃいますよ。しつこくて……他の店で彼女の常連だったらしいんですけど、そんなこと言われてもねえ……」

美久は息を呑み、言った。

「わたしが行く」

「えっ……」

「ユアが来たから行くって言って」

「……冗談でしょ？」

美久はまなじりを決して佐藤を見た。冗談で言っているわけではないことを、眼力で伝えた。

どうせここで待っていても、ユアが来る可能性は低いのだ。ならば、ユアの常連客に話を聞いてみたい。話を聞けば、なにかわかるかもしれない。居場所まではわからないだろうが、風俗嬢としてのユアがどんなキャラクターだったのか、わかるかもしれない。わかってどうしようと思ったわけではないけれど、ここでじっとしているのには、もう飽きてしまった。

4

「本当に行くんですか？　やめましょうよ。話した感じ、まともじゃなかったですから、絶対やばいですよ」

佐藤はかなり焦っていたが、美久はかまわず待機室を飛びだした。経営者からの預かりものに傷をつけてはいけないと思っているようだが、心配ない。若い佐藤とは、踏んだ修羅場の数が違う。

指名された女の子のかわりにホテルに出向かされることなど、現役時代はよくあった。客をなだめて無事に仕事を遂げられなくては、店から一人前と認めてもらえなかった。

指定されたラブホテルに行き、部屋の扉をノックすると、すぐに扉が開いた。背の高い男が顔をのぞかせた。一瞬にして、高揚していた表情が落胆へと変わった。それはもう、劇的なほどに。

「騙したのか？」

「失礼します！」

美久は扉の中に体をすべりこませ、強引に部屋に入った。ここで弱気になり、追い払われたら元も子もない。啞然としている男の横をすり抜けてから振り返り、深く腰を折って頭をさげた。

「すいません。ユアさんは本当に来てないんです」

「だったら帰れ」

男の声は怒りに震えていた。年は三十代後半から四十、背が高い痩せ形なので一見スマートに思えるけれど、髪は乱れて無精髭を生やし、表情が荒んでいた。よく見ると黒いスーツも皺くちゃだ。

「話を聞いてください。実はわたしも、ユアさんを捜しているんです。あなたもそうですよね？　ホームページに載ったばかりの情報を早々に見つけて駆けつけてくるくらいだから、相当熱心な彼女のファンなんでしょう？」

男は鼻白んだように顔をそむけた。

「協力しませんか？」

美久は言った。

「ユアさんは一昨日《おととい》、このお店の面接を受けにきたんです。昨日から働く予定だったので、店はホームページに写真をアップしました。でも、彼女は来ませんでした。今日のこの時間まで、連絡もありません」

男は美久の体を押しのけて部屋の中に進み、深い溜息をつきながらベッドに腰をおろした。うなだれたまま言った。

「なぜユアを捜してる？」

美久はにわかに言葉を返せなかった。表情は荒んでいたが、勘の鋭い男に見えた。露骨な嘘は、すぐに見破られそうな気がした。かといって、捜査一課の刑事に三千円で頼まれたとも言えない。夏の三日間、お互いの素性もわからないまま楽しい時間を過ごした相棒、と言っても首をかしげられるだけだろう。

「よく……わかりません」

「……なんだと？」

男は顔をあげて睨んできた。眼光が鋭かった。

「よくわからないけど、彼女に惹かれてるんです」

「理由もなく捜してるっていうのか？　ふざけるな」

「わたしは……元風俗嬢で、いまはＷＥＢを中心にフリーライターをやってます。セックスについてのコラムとか、そういうのを書いてて……」

「あんたのプロフィールなんか聞いてねえよ」

美久は無視して続けた。

「ユアさんの写真を見て、ピンとくるものがあったんです。話を聞いてみたいと思いました。でも、道玄坂の〈パンドラ〉ってお店に行ったら、もうやめてて……そんなことよくある話なんで、諦めればいいだけなんです。でも、諦めきれなかった……」

話をしながら、胸がモヤモヤしてしかたがなかった。最初は、男の荒んだ雰囲気のせいだろうと思った。風俗店に足を運んでくる客は、なにも鼻の下を伸ばして下卑た笑いを浮かべている男ばかりではない。荒んだ雰囲気の客だっている。しかし目の前の男の場合、これから女を抱き、欲望を吐きだそうという気分が、まるで伝わってこない。目当ての女が来なかったことを差し引いても、違和感がある。

胸のモヤモヤの原因は、それだけではない。男の面影に記憶が疼くのだ。どこかで会ったことがある気がする。深い知りあいではない。仕事関係で名刺を交換したか、飲み会で隣り合わせたか。あるいは風俗嬢時代、客としてこの体の上を通りすぎていった男たちのひとりなのか……。

「あなたはどうなんです？」

美久は強気に訊ねた。

「ユアさんのどこに魅せられて、彼女を追いかけまわしてるんですか？」

男は黙っている。

「彼女、それほど抱き心地がいいんですか？　きっといいんでしょうね。美人なだけじゃなくて、感度が最高とか？」

美久は挑発的に鼻をもちあげた。

「それとも、特殊な技術をもっているとか？　いますよね、たまに。手コキが異常にうまいとか、前立腺まで責めちゃう子とか。それともドMかしら？　あんな美人を足蹴《あしげ》にできたら、殿方はさぞや気持ちいいでしょうね？」

男が立ちあがり、近づいてきた。頭を叩かれた。ふざけた叩き方ではない。バチッと大きな音がたち、倒れそうになったくらいの強打だった。

「そんなにユアのことが知りたいなら、抱いてやろうか？　あいつを抱いてるように、抱いてやる。そうすりゃわかるよ」

もう一発、頭を叩かれた。さらにワンピースの襟をつかまれ、揺さぶられる。美久は乱れた髪越しに、男を睨んだ。侮ってもらっては困る。この体は、乱暴に扱われることに慣れている。

「……抱いてよ」

挑むように口の端を歪めて笑うと、男は眉間に皺を寄せて睨んできた。視線と視線がぶつかりあった。

「女の魅力は顔だけじゃないでしょ？　これでも自信あるんだけどな。思いっきり突いてくれれば、いい感じに鳴きますよ」

両手を腰にあてて尻を振ると、

「殺したくなるな……」

男は低く声を絞った。

「おまえは殺したくなるタイプの女だな……」

首根っこをつかまれ、バスルームに連れていかれた。扉が開くと、熱気と湿気が襲いかかってきた。まずいと思った。バスタブに湯が張られている。

「殺してやるよ」

ザブンと顔を湯の中に突っこまれた。息ができなくなった。

「そんなに殺してほしいなら……殺してやる……」

手足をジタバタさせても、男は首根っこをつかんだ力を緩めなかった。侮っていたのはこちらかもしれなかった。息ができなくてもがき苦しんだ。顔から血の気が引いていった。ザバッと音をたてて顔をあげさせられた。美久は悲鳴をあげたが、すぐにもう一度湯に突っこまれる。男の大きな手は、首根っこではなく髪をつかんでいる。本気で痛い。それ以上に苦しくてしようがない。

顔をあげられ、突っこまれることを繰り返されると、大量のお湯を飲んだ。鼻からも入ってくる。耳からも……。悲鳴が湯に呑みこまれ、美久は溺れた。今度は長かった。意識が遠のいていく。本当に殺されるかもしれない……。

「いい顔してるじゃないか」

男が笑う。

窒息寸前でようやく顔をあげられた美久は、激しく呼吸をはずませていた。全身が恐怖でこわばり、小刻みに震えている。

「化粧で誤魔化してるかと思ったが、どうしてどうして、素顔も美人だ。ユアには負けるがな」

　美久は口の中に残っていたお湯を、水鉄砲のようにピューと吹きだした。

　顔に湯をかけられた男は、一瞬眼を丸くしたが、

「なるほど、綺麗な顔をしてるだけじゃなくて、根性もあるわけか。でもな、ユアはもっと根性があったぞ」

　余裕たっぷりに言い放ち、再び美久の顔をバスタブの湯に沈めてきた。

5

「許してくださいと言えよ」

「許してください――」

　美久は棒読みで答えた。

「ナメてるのか？　もっと感情をこめて言うんだよ」

「許してください――」

　感情をこめようとしても、心が拒否して棒読みになってしまう。男の暴力は容赦がないだけではなく執拗で、美久は何度もお湯の中で意識を失いかけた。

いくらなんでもやりすぎだった。心も体も、恐怖に震えあがっている。ユアに会えない苛立ちを、この男は暴力という形でぶつけてきたのか？　それとも、ユアに対してもこんな乱暴なことをしているのだろうか？

「こっちへ来い」

濡れた髪を引っぱられ、バスルームから連れだされた。ベッドの脇で、水浸しになったワンピースを奪われた。ブラジャーとショーツも、毟《むし》りとるように脱がされて、丸裸にされてしまう。

みじめさに身をすくめた。男に屈辱を与えられることに慣れているつもりでも、涙があふれてきそうになる。歯を食いしばって必死にこらえる。こんな男に、涙など見せてたまるものか。

「猫背になるな」

再び髪を引っぱられ、顔をあげさせられた。睨《ね》めつけるような視線が化粧の落ちた顔を這いまわり、体の方へとさがってくる。胸の隆起を舐めるようにむさぼり眺め、乳首に視線がからみつく。

「なるほどセクシーバディだ」

からかうように言われ、美久の頬は熱くなった。裸を見られる羞恥《しゅうち》のせいではなかった。

男の眼が、美久の裸だけを見ているわけではなかったからだ。ユアの裸と比べられていた。彼女はとびきりの美人だった。黒いワンピース水着を着けた姿を思いだせば、ますます頰が熱くなっていく。どんな女だって、ああいうタイプと比べられるのはつらい。

ベッドに突き飛ばされた。

追ってきた男に、いきなり両脚をひろげられた。美久は両手で股間を隠そうとしたが、男に手首をつかまれた。恥部という恥部をさらけだされた格好で、動けないように押さえこまれた。

「きれいなオマンコじゃないか」

男の視線が両脚の間に突き刺さり、美久は顔から火が出そうになった。風俗嬢時代、丘の上にひとつまみほどの繊毛を残して、あとはきれいに永久脱毛してある。当時はそれが、格好いいと思っていた。いまは違う。アーモンドピンクの花びらが剝きだしになった女性器は、いかにもプロのそれだった。金で男に脚を開く女の、象徴のようなものだった。

男の顔が、その部分に近づいてくる。ひとつまみの草むらが鼻息で揺らがされ、無防備な裂け目に吐息がかかる。

生温かい舌が這った。下から上に、下から上に、ねちっこくなぞりあげては、合わせ目の上端で鋭利に尖らせた舌先を躍らせる。

美久は眼をつぶった。別のことを考えようと思った。バスルームでの態度とは打って変わって、男の舌使いはソフトだった。全体をペロペロと舐めまわすのではなく、エッジを繊細に刺激してきた。うまい。この男は、女の体の扱い方をよく知っている……。

別のことを考えなければならない。風俗嬢時代、我慢ならない男を相手にするときは、いつもそうしていた。欲しい服のことでも次の旅行のことでも夕食の献立でも、なんでもいい。最近観た映画のストーリーを反芻したっていいし、好きな歌の歌詞を正確に三番まで思いだしたっていい。

しかし、気がつけば意識は、男の舌が触れている部分に集中していた。下から上に、下から上に、男は決して焦ることなく、裂け目をなぞってくる。体のいちばん深い部分が熱くなり、美久の意思とは無関係にじゅんと潤んでしまう。花びらをめくられると、蜜がしたたった。男の舌が大きく動きだす。獣じみた臭いのする粘液を、股間全体にまぶされた。そうしつつ男は、敏感な肉の芽を指でいじりはじめた。

包皮の上からでも、いじり方がうまいので、腰が動いてしまいそうになる。あわてて歯を食いしばる。しかし、これほどのテクニックがある男が、女が感じはじめていることを見逃すはずがなかった。裂け目の中に、舌先が入りこんできた。したたかに掻き混ぜられると、美久は総身をのけぞらせた。舌先がいやらしいくらいよく動く。内側の壁という壁を舐めまわされると、体を裏側にひっくり返されてしまうような、淫らな錯覚が襲いかかってきた。

声が出そうになった。こらえると額に脂汗が滲《にじ》んだ。いや、すでに体中が汗ばんでいた。首筋から腋《わき》から背中から、甘ったるい匂いのする発情の汗が噴きだしていた。

セックスを生業にしていた美久の体は、普通の女より敏感だ。もちろん、意志の力で鈍くすることもできる。できるはずなのに、ますます敏感になっていくばかりで、制御が利かなくなっていく。

男の舌先はいったん裂け目から抜かれたが、かわりに指が入りこんできた。Gスポットを押しあげられ、同時に包皮を剝ききったクリトリスを舐め転がされた。どちらも乱暴なやり方ではなく、丁寧で繊細で軽やかだった。そちらのほうが、女体に効くことを男は理解していた。真綿で首を絞めるようにじわじわと、美久を追いつめてくる。汗も蜜もとまらなくなり、美久は身構えた。イカされてしまう、と覚悟を決めた。

しかし……。

エクスタシーに達しそうになると、男の愛撫は急所をはずしてきた。恍惚《こうこつ》の波がすうっと引くのを見計らって、再び急所を責めてきた。相手が榊木なら、とっくに二、三回イカされているくらいの刺激を受けているのに、美久の性感は絶頂の手前でみじめに宙吊りにされ、トドメを刺してもらえない。

美久の心は凍りついた。

この男は、榊木よりタチが悪いかもしれない……。

気づいたときにはもう、男の仕掛けた蟻《あり》地獄に堕《お》とされていた。イキたくても、イカせてもらえない生殺し状態で、のたうちまわることになった。恍惚への欲望が理性を奪い、意地を砕く。体がくねり、腰がまわりはじめてしまう。そんなことをしたくはないのに、物欲しげに股間が跳ねあがってしまい、泣きたくなるほど恥ずかしい。

勇気を振りしぼって瞼をもちあげると、涙に霞《かす》んだ視界の中で男の吊りあがった眼が鈍色《にびいろ》に輝いていた。錆《さ》びたナイフのようだと思った。研ぎ澄まされたナイフより、ある意味恐ろしい凶器だった。

男はたしかに欲情していた。それは伝わってくるのだが、美久の知る獣の牡の欲情とは種類が違った。ペニスが硬くならない榊木でさえ、なにかを吐きだしたくて美久を責めてくるのに、この男にはそれが感じられない。溜まったものを吐きだしたいというような単純なメカニズムで行動しているのではなく、もっと暗い衝動に突き動かされているような気がしてならない。

男が服を脱いで全裸になった。

骨と筋が目立つ痩せた体だ。なのに、男根だけがやけに野太い筋肉の塊で、赤黒く照りのある色艶《いろつや》が異様に生々しい。それを限界まで反り返しながら、美久の両脚をあらためて大きくひろげてきた。涎じみた愛液をとめどもなく漏らしている肉の合わせ目に、切っ先をあてがわれた。

美久は頰をひきつらせ、眼を見開いていた。体の中のあちこちで、小さな痙攣が起こっている。入れこみすぎの競走馬のように、この体はイキたがっている。本気でイッてしまうのは避けたかったが、無理だろうと思った。こんな男のなすがままにはなりたくなかったが、喉から手が出そうなほど絶頂が欲しかった。美久の頭の中はもう、オルガスムスを嚙みしめたいという、その一点に占領され尽くしていた。

男根が中に入ってくると、美久はきりきり眼を細めた。濡れすぎているので、結合に違和感はなかった。硬く大きなものが、異様なほどスムーズに侵入してきた。しかしそれは、せいぜい半分までだった。それ以上入ってくると男根は膣の中でにわかに存在感を増し、美久は眼を見開いた。

奥のいいところまで届く、長大なサイズだった。抜き差しが始まると、もうダメだった。男が刻むリズムが、入れこみすぎの競走馬を暴走させる鞭《むち》になった。口から声があふれても、羞じらうことさえできなかった。こらえることなど不可能で、ひいひいと喉を絞ってよがり泣いてしまう。

男は上体を起こして腰を使っていた。美久はあお向けにされた蛙《かえる》さながらに両脚をひろげられ、ホールドアップを迫られたように両手をあげていた。その無防備な体に、男は錆びたナイフの眼から蔑んだ視線を浴びせてくる。みじめに犯されている女を、視線まで使って犯し抜いてこようとする。

美久は閉じることのできなくなった唇をわななかせ、きつく眉根を寄せていった。せめて抱きしめてほしい、とせつなく願った。そうすれば、もっとなりふりかまわず動くことができる。自分から腰を動かし、一目散に絶頂を目指せる。馬鹿にされようが蔑まれようが、関係ない。とにかくイキたい。絶頂に達したい。それ以外のことは、なにも考えられない。

「イキたいのか？」

男が言った。冷静な声だった。

「イッ、イキたいっ……」

美久の声は、情けないほど上ずっていた。

「いまのは感情がこもってたな」

男はニコリともせずに言うと、野太く勃起した男根を抜き差ししながら、右手の親指でクリトリスをいじりはじめた。小刻みな動きではじいてはねちっこくこねくりまわされ、美久っていた。息が苦しくてしようがないのに、空気を吸うことができなかった。

イキそうだった。子宮にあたる亀頭のリズムとクリトリスへの刺激が相俟《あいま》って、痛烈な快感を生みだしていた。それが五体の肉という肉を激しいまでに痙攣させ、美久の体を躍らせる。汗まみれにさせ、淫らな舞いを披露させる。発情しきった獣の牝になって、恍惚の高波が迫ってくるのを待ち構える。

しかし。

男はまたもや、絶頂寸前でクリトリスから手を離した。男根を三分の二ほど抜き、高まった性感を宙吊りにした。

美久は震えた。絶頂を逃したやるせなさに身悶え、男のやり方に怒りを覚えた。だが同時に、恐怖も感じた。抜き差しならないほど発情しきったこの体を、男はこの先、どうしようとしているのだろう？　いったいいつまで、生殺しで焦《じ》らしてくるつもりなのか？

嫌な予感がこみあげてくる。そうではないことを祈るしかないが、嫌な予感というものは、どういうわけかたいてい当たる。

男が動いた。

美久は片脚を持ちあげられ、あお向けから四つん這いに体を反転させられた。男根で貫かれたまま、正常位からバックスタイルに移されたのだ。体位が変わったところで、火のついた欲情はそのままだった。尻を打ち鳴らす音をたててピストン運動が開始されると、美久は両手でシーツを握りしめた。

快感が峻烈《しゅんれつ》すぎる……。

ぎゅっと眼をつぶると、熱い涙が頬を濡らした。体中が痙攣していた。怖いくらいに、ガクガク、ブルブル、と震えている。男の律動は力強く、けれどもピッチは抑え気味だった。フルピッチのかなり手前で、悠然と抜き差ししている。発情しきった女には、そういう律動がいちばん手強《てごわ》い。

もどかしいけれど、高まっていく。風船にポンプで空気を入れていくように、ゆっくりとだが着実に爆発に追いつめられていく。早くイカせてと気ばかり焦《あせ》らせても、男は決して手綱を緩めることがない。

「あああーっ！」

美久は喜悦に歪んだ悲鳴をあげ、四つん這いの肢体をくねらせた。こうなったら、男をその気にさせるしかない。このままでは間違いなく、延々と焦らされる。爆発寸前になると抜き差しがとまり、生殺し地獄に突き落とされる。おそらく、美久が正気を失うまで……。

男は榊木と真逆のやり方で、美久を支配しようとしていた。オルガスムス欲しさにプライドをかなぐり捨て、「イカせて」と涙ながらに哀願するのを待っている。美久がそういう台詞を決して口にしない女だと見抜いたうえで、叩きのめそうとしている。

叩きのめされるのが嫌なら、男をその気にさせるしかなかった。できるはずだった。やりまんの蔑称と引き替えに、美久はそういうスキルを手に入れた。四つん這いの肢体をいやらしいほどくねらせて、左右に尻を振りたてた。性器と性器の摩擦《まさつ》感をアップしては、わざとはずしてもどかしさを募らせる。リズムをどこまでも複雑にすると同時に、視覚も演出する。尻を振りたてる姿が、とびきり淫らに見えるように……。

ダメかもしれない。

やればやるほど、こちらが夢中になっていく。美久は全身汗みどろになってあえいでいるのに、男のピッチは揺るぎなかった。むしろ、美久が挑発すればするほど、奥を突く回数を減らしてきた。抜き差しのストロークが三浅一深になり、五浅一深になり、九浅一深にまで減っていく。

美久は泣いた。髪を振り乱して手放しで泣きじゃくった。絶頂欲しさにここまで泣いたことは、いままでなかった。相手の顔が見えないバックスタイルのせいで、よけいにおかしくなったのかもしれない。ここがどこで、相手が誰であるかも次第にわからなくなっていき、頭の中にあるのはただ、イッてイッてイキまくりたいという浅ましい欲望だけだった。

6

これほど長い放心状態に陥ったのは、いったいいつ以来だろう?
ナナセが自殺したときはひと月ほど引きこもりになっていたが、あのときとは意味が違う。セックスのあとに限定するなら、初めての経験かもしれない。男が部屋を出ていっても、美久はベッドから動けず、かといって眠りに落ちてしまうことさえできないまま、ただ呆然としていた。

ようやく上体だけを起こしてヘッドボードに背中をあずけたものの、頭の中には不快なノイズが流れ、眼を見開いているのになにも見えない。いや、見えていることは見えているのだ。くしゃくしゃになったシーツとか、窓のない壁とか、ソフトドリンク百円均一とシールが貼られた冷蔵庫とか、たしかに瞳に映っているのだけれど、それが意味のあるなにかとして感知できず、美久もまた、魂のない物体として風景の一部になっていることしかできない。もう一時間以上、そんな具合でぼんやりしていた。二時間かもしれないし、三時間かもしれない。

遠くから音が聞こえた。

ノックの音だ。

無視していると鍵が開けられ、白髪の小柄な男が部屋に入ってきた。ラブホテルの管理人だろう。彼に鍵を開けさせた男が、後ろにいた。

矢崎だった。

美久はあわてて布団を引き寄せ、裸身を隠した。

「大丈夫か？」

矢崎が腕時計と美久の顔を交互に見る。

「二時間経っても戻ってこないし連絡もつかないって、佐藤が泣きそうな声で電話してきたんだ。なにがあったんだ？」

声がやたらと遠くから聞こえる。

「大丈夫……シャワー浴びたら帰るから、あっち向いてて」

声も、まるで自分が言っているのではないようにエコーがかかり、天井から聞こえてくるみたいだった。

矢崎と管理人が背中を向けると、美久はベッドからおりて裸のままバスルームに向かった。

バスタブには湯が張ったままだったが、もう湯気はたっていなかった。ぼんやり眺めていると、水面に吸い寄せられていく気がした。ザブン、と音がした。気がつくと、自分からバスタブに頭を突っこんでいた。

「なにやってるんだっ！」

矢崎がバスルームに飛びこんできて、抱きあげられた。美久の息ははずんでいた。濡れた髪の向こうで、矢崎が心配そうに眉をひそめている。

「あなたのせいでしょっ！」

叫び声をあげると、

「なに？」

わけがわからないというふうに、矢崎の顔は歪んだ。

「いいから出てってっ！　わたしに触らないでっ！」

美久の剣幕に気圧《けお》されて、矢崎は顔を歪めたままバスルームから出ていった。抜け目がない男なので、バスタブの湯を抜くボタンを押すのを忘れなかった。

美久は床にへたりこみ、肩で息をした。ひどく興奮していた。シャワーの蛇口をひねると、生温かい湯が雨のように降ってきた。

最低だった。

矢崎はなにも悪くないのに、八つ当たりしてしまった。しかし、矢崎の顔を見て正気を失ったようになったのは、本当のことだった。この状況でいちばん顔を合わせたくないのが、矢崎だったのだから……。

ユアの常連客だという男は、とんでもないモンスターだった。

人よりずいぶん多くの男に抱かれてきたはずの美久でも、あんな男には出会ったことがない。女の体の扱いを熟知しているだけではなく、精力絶倫なだけではなく、自分の欲望をきっちりコントロールできる意志の強さがあるだけでもない。

四つん這いのバックスタイルで、気が遠くなりそうなほど長い時間、後ろから突きあげられた。嫌な予感は的中し、焦らし抜かれる生殺し地獄が延々と続いた。イキたいのにイカせてもらえない状態で、美久はシーツに水たまりができるほど盛大に涙と涎を流し、発情の汗にまみれ、結合部からしとどに蜜をしたたらせた。喉がかれそうなほどひいひいとよがり泣き、全身の素肌という素肌を熱く燃やした。

榊木のように、数多くの絶頂を与えることで女を支配できると勘違いしている男のほうがずっとましだった。男の持続力は驚異的で、自制心を失うこともなく、美久に哀願の言葉を吐かせようとした。美久がこらえきれたのは、ほとんど奇跡のようなものだった。ただ意地になっていただけではない。こらえきれた先になにが待っているのか、どうしても知りたかったのだ。

無闇な好奇心は、時に人を悪夢へといざなう。

「なかなか手強い女だな……」

男はピンチになるほど闘志を燃やすアスリートのような声音で言い、美久の上体を起こした。バックスタイルから背面騎乗位に移行し、そのままあお向けに体を倒された。お互いがあお向けになって重なる、四十八手で言うところの撞木《しゅもく》反《ぞ》りだ。美久は男の上で両脚をひろげられ、その中心を勃起しきった男根で深々と貫かれていた。

珍しい体位だったが、経験がなかったわけではない。その体位になった場合、普通であれば、下から乳首やクリトリスを愛撫してくる。

男は違った。

首を絞めてきたのだ。喉元に腕がまわってきたと思うと、そのまま締めあげられた。最初は、それほど強い力ではなかった。しかし、ゆっくりと確実に腕にこめられる力は強くなっていき、呼吸を妨げてきた。そうしつつも、男は下から腰を使って、ピストン運動を続けていた。肉と肉とがこすれあう粘っこい音が、命を刻むリズムのように響いていた。

「殺してやろうか？」

男が耳元でささやいた。

「このまま事切れたら、きっと気持ちいいぞ……」

もちろん、本気だとは思わなかった。いくらなんでも殺されはしまいと思っていたが、首に巻きついた腕には力がこもっていくばかりで、次第に恐怖がこみあげてきた。息ができず、美久の顔は火を噴きそうなくらい熱くなっていった。

しかし……。

本当の恐怖は、窒息の予感ではなかった。息が苦しくなればなるほど、快感が高まっていくことだった。

美久はまだ、ただの一度もオルガスムスに達していなかった。なのに、いつもの絶頂で味わう何十倍もの愉悦を、すでに味わっていた。まるで愉悦の海に溺れているようなものだった。

女の絶頂には高低がある。クリトリスがプルンと震えるくらいの軽いエクスタシーもあれば、頭の中が真っ白になって全身の痙攣がしばらくとまらない場合もある。

いま頂《いただき》を目指しているオルガスムスが、これまで達したことがないほどの高みにあることは間違いなかった。達したときにどうなってしまうのか、想像もつかなかった。

いや、想像するのが怖かった。このままイッたときに訪れる快感――その向こうに、ほのかに見えるものがあった。

暗い死だ。

このままイッたら死ぬかもしれないと思った。いや、絶対に死ぬだろうと思い直した。それでもイキたがっている自分が怖くてしようがなかった。愉悦の海で溺れながら、溺れ死ぬことだけが救いのように感じられた。

快楽と死がべったりと密着していた。男と女も、もともと分離されたものなのではなく、ひとつのものだったのかもしれない。それはもともとはひとつの生き物だったのかもしれない——めくるめく恍惚が錯覚と混乱をいざない、美久はわけがわからないまま腰を使っていた。

男が腕に力をこめると、美久も男根を食い締めた。性器と性器の一体感はすさまじく、体中の細胞という細胞が歓喜の歌を歌いあげていた。

熱狂が訪れた。興奮も欲情も陶酔も、すべてが凝縮して絶え間なくスパークし、言いようのない万能感を覚えた。自分はいま、宇宙でいちばん幸福を甘受していると思った。

しかし、至福の時が永遠に続かないこともわかっていた。

リズミカルに刻まれる肉ずれ音が、時限爆弾に仕掛けられた時計の音に聞こえる。もうずいぶんと長い間、呼吸をしていなかった。意識が薄まってきているのに、死ぬのが怖くなくなった。目の前にあるオルガスムスを味わうためなら、火の海の中に飛びこむことも、断崖絶壁から飛びおりることも厭《いと》わない——美久はそのとき、たしかにそう思った。

「……イッ、イクッ！」

それは生命力の爆発だった。この身を不自由に縛っていたものが一瞬にして寸断され、眼もくらむような解放感が訪れた。

実際には、下になっている男にきつく抱きしめられて身動きをとることができなかったのだが、動けない体の中で電流じみた衝撃的な快感が暴れていた。失神することさえ許されない歓喜に、美久は泣き叫んだ。男の上で総身を弓なりに反り返し、五体の肉という肉を、ぶるぶるっ、ぶるぶるっ、と痙攣させた。

いままで味わったこともない恍惚を味わっているのに、苦しくてしようがなかった。本物の快楽というものは、そういうものなのかもしれなかった。その時点ではもう、肺に新鮮な空気が入りこんできていたから、快楽だけが美久を苦しめていた。

男の腕は、いつの間にか首から離れ、乳首をつまんでいた。もう一方の手が、クリトリスをいじりまわしていた。元より敏感な体が、何百倍にも敏感になっていた。

美久はイキつづけた。

永遠にイキつづけるのではないかと思いながら、男の上で淫らなダンスを踊りつづけたのだった。

バスタオルを頭から被ってバスルームを出た。

濡れた髪を乾かすのが面倒だったが、さすがに濡れたままでは帰れない。しかたなく、ドライヤーを求めて洗面台に向かい、乾かしはじめた。

矢崎が心配そうな顔で、洗面所をのぞきこんでくる。声をかけたいらしいが、躊躇している。すっかり腫《は》れ物扱いだ。

「取り乱しちゃってごめんなさい」

美久は鏡に顔を向けて髪を乾かしながら、なるべく明るい声音で言った。大丈夫、大丈夫と胸底で呪文のように唱えて、自分を励ました。とにかく落ち着くのだ。落ち着いて普通にしゃべればいいだけだ。

「久しぶりに仕事したから、ちょっとパニクッちゃっただけ」

「仕事って……」

矢崎の声が深く沈んだ。

「話をしにきただけじゃなかったのか？」

「しようがないじゃない。ユアの常連客だっていうから、彼女のこといろいろ教えてもらいたかったの。で、話してるうちに、お客さんもだんだん興奮してきちゃったみたいで、わたしでもいいっていうから仕事したのよ。もったいぶるほどきれいな体ってわけでもないから、べつにいいかって……」

矢崎の方には、決して眼を向けない。見なくても、どんな顔をしているかはわかっている。

「悪いけど、今日はこれで帰らせて。遠くから駆けつけさせちゃって、ホントごめんなさい。佐藤さんにも謝っといて……」

そろそろ限界だった。髪はまるで乾いていなかったが、タクシーで帰ることにして、ドライヤーを置いた。矢崎の体を押しのけて部屋に戻り、服を着けて外に飛びだした。

第三章　魅惑の影

1

スマートフォンが着信音を鳴らしている。

美久は枕元からそれを取り、ベッドの中で相手を確認した。

榊木からだった。時刻は午前九時二分。昨日も五回、着信履歴が残っていた。無視していたが、さすがにそろそろ出ないとまずいかもしれない。いきなりこの部屋に押しかけてこられるのは、もうごめんだ。

「なぜ電話に出ない？」

寝起きの耳に、苛立った声が鬱陶《うっとう》しかった。

「ユアは見つかったか？　居所くらいはわかったんだろうな？」

「それが……」

美久は上体を起こし、ベッドの上であぐらをかいた。

「結局、店には来ませんでした。面接に来たきり、二日間無断欠勤、連絡もなし……よくある話ですけど」

電話の向こうで、榊木が舌打ちをする。わざと耳障りになるようにやったとわかった。そして押し黙る。沈黙が長い。

「警察が動けば、すぐに見つかるんじゃないですか？」

榊木は答えない。

「わたしは、もうお手上げです」

美久は溜息まじりに言った。

「鶯谷の〈スプラッシュ〉は、昔働いてたお店の系列店なんですよ。それでいちおう声をかけておいたら、ユアが面接に来たって知らせてくれて……こんな偶然、二度とないと思います」

榊木は再び黙りこんだ。

「切っていいですか？」

「どう思う？」

「はい？」

「何日か行方を追ってみて、ユアに対してどんな印象をもった？」

「どんなって……言われても……」

美久は口ごもった。ユアのことを考えると、必然的に過去の嫌なことも思いだす。それだけではなく、昨日の男の記憶がまざまざと蘇ってくる。死んでもいいとまで思ってしまった、衝撃的なセックスのことを……。

「似てると思わないか？」

「はい？」

「自分とだよ」

「……なにが言いたいんですか？」

「他意はない……なんとなく印象が似てると思っただけだが……」

三たび榊木は黙りこみ、今度はそのまま電話を切った。まったく失礼な男だった。

ユアと自分が似ている……。

容姿の話なら、血統書付きのロシアンブルーと野良猫くらい違う。内面の話なら、たしかにそういう部分もあるかもしれない。それまでの人間関係が壊れてしまい、いささか自棄《やけ》になって風俗で働きはじめた——似ていると言えば似ているが、よくある話と言えばよくある話である。

しかし、実は美久自身も、似ていると感じていた。

ユアという人物の背景を知れば知るほど、その思いは強くなっていった。なにが似ているのかは言葉にならない。たぶん、心に負った傷の種類が似ているのだが、そんなことを朝から考えたくなかった。


耳に残った榊木の声を洗い流すために、シャワーを浴びた。

ゆうべは夕食を食べずに寝てしまった。お腹がすいていたので、外になにか食べに出ようと思っていたが、バスルームを出るとメイクをするのがひどく億劫に感じられた。

こういうとき、自炊を放棄している部屋はみじめなものだ。

なにかないかと、キッチンの棚を開けてみた。クラッカーがあった。冷蔵庫でチーズを発見。だが、コーヒーがない。ミネラルウォーターもない。栄養ドリンクはさすがに合わないだろう。あっ、と思って押し入れの中を漁ると、貰い物の赤ワインのボトルが出てきた。

質素だが、なんとなく食事の体裁が整った。起き抜けにワインは自堕落な気がするけれど、どうせ今日はなにもしないつもりだった。ひどく疲れていた。体ではなく、神経が摩耗している感じがする。

酔って眠くなったら、そのまま寝てしまおうと思った。神経が疲れているときは、なにも考えず寝てしまうに限る。風俗嬢時代に培ったセオリーだ。あのころは本当によく寝ていた。丸二日間、寝つづけたこともある。

クラッカーとチーズとワインという組み合わせは、シンプルだが奥が深かった。気がつけばとまらなくなっていて、あっという間にボトルが一本空いた。計算違いだったのは、いっこうに眠くならないことだった。頭の芯が熱くなり、酔っている感じはするのに、飲めば飲むほど眼が冴えてくる。眠くなりそうな音楽でもかけようとスマートフォンに手を伸ばすと、電話の着信音が鳴った。

矢崎からだった。

少し迷ったが、出た。昼酒のせいで、機嫌だけはよかった。

「まさか、今日はもう〈スプラッシュ〉に行かないだろうな?」

「うん……そうね……」

「なに笑ってるんだよ?」

「ごめん。ちょっと酔ってる」

「おいおい、まだ朝の十時過ぎだぜ」

「いいのよ、今日はなにもしないつもりだし」

「ユアを捜すのはやめたのか?」

「そうね……」

声が沈んでしまいそうになったので、美久はあわててトーンをあげた。

「協力してもらっておいて悪いけど、もう諦めたほうがいいかも。こっちは探偵じゃないんだもん。気まぐれな猫を捜すのは無理よ」

「……そうか」

長い間があった。

「今日、予定がないなら飯でも食わないか？　いまからでもいい。俺も宴会に参加させてくれよ」

それも悪くない、と美久は思った。矢崎とふたりで昼酒の飲める店を探して歩き、酔っ払ってなにも考えずはしゃいで、飲み疲れたらダーツでもして休憩し、また飲んではしゃいでを繰り返せば、ここ数日で心に溜めこんだストレスも吹き飛び、ぐっすり眠れるかもしれない。

しかし、矢崎が求めているものは、そんな能天気な酒場行脚《あんぎゃ》ではないだろう。

「ごめんなさい。どういう事情があったのかは、いずれきちんと説明する。でも、ちょっと時間が欲しい。いますぐは……会いたくない」

「……そうか」

会話が途切れ、「じゃあ」と言いあって電話を切った。

矢崎が心配するのは当然だった。あれほど取り乱した美久を見るのは、初めてだったはずだからだ。ナナセが死んだときだって、もっとずっとしっかりしていた。矢崎の前でだけは、取り乱したりしたくなかった。

だから矢崎は知りたいのだ。昨日、あのホテルでなにがあったのか……。

話すつもりはなかった。それどころか、必死になって記憶から消し去ろうとしていた。現実にあったこととして、向きあいたくなかった。ひと月かふた月かわからないけれど、しかるべき時間を置いてからでなくては、冷静に振り返れそうにない。

しかし……。

忘れてしまおうとすればするほど、記憶が生々しく蘇ってくる。バスタブのお湯に沈められたときの息苦しさと、クンニリングスのときの丁寧な舌使い、バックで喜悦に泣きじゃくったこと、首を絞めあげられながらみずからもしたたかに男根を食い締め、死んでもいいと思えるくらいのすさまじい快感……気がつけば、あの男のことばかり考えていた。

ああいうやり方に慣れている、という感じがした。しかし、いつもあんなやり方をしていたら、その気はなくとも事故を起こしてしまうことだってあるのではないだろうか。なにしろこちらは、死んでもいいと思っていたのだ。恍惚と死が重なり、同化して、そこに向かって吸いこまれていきそうだったのである。

ＳＭの緊縛プレイでは、責められているほうが本気で危険を察した場合のために、ＳＯＳワードをあらかじめ決めておくのがセオリーだ。「いや」とか「やめて」のようによく口走る言葉ではなく、たとえば「ＮＧ」と言ったらその時点でなにがあってもプレイを中断し、緊縛をとく、というふうに。そうしておかないと、体に深刻なダメージを負ってしまうことがある。

だが、責められているほうが危険を察しつつそれを甘受してしまうなら、ＳＯＳなど成立しない。事故の確率が格段に跳ねあがり、下手をすれば……。

……やめたほうがいい。

考えれば考えるほど、深みに嵌まっていく。危険だ危険だと言いながら、あの男とのセックスに強く惹きつけられている自分と出会ってしまう。

わかっているのに、美久が次にしたことは、スマートフォンを手にし、劇団トーイのホームページにアクセスすることだった。

過去公演をタッチすると、ユアの写真が出てきた。やはり相当な美人だった。この美しい女を、あの男はあんな乱暴なやり方で抱いていたのだろうか？　デリヘルのルールからは大きくはずれるやり方だから、ユアが怒りだせばトラブルになる。しかし、常連ということは、何度も通いつめているということだ。きっとああいうふうに抱いていたのだ。昨日の自分と同じように、ユアも背面騎乗位で首を絞められ、全身を痙攣させながら何度も高みに……。

しばらくぼんやり写真を眺めていた。

過去公演のページは、作品ごとに二十枚ほどの写真が並び、そのほとんどが舞台上の役者を撮影したものだった。しかし最後の一枚だけは例外で、スタッフ、キャストが勢揃いしているると思われる楽屋での集合写真だった。

違和感を覚えた。

ひとりだけ、まわりよりずっと年上の男がいる。拡大してみたが、顔がはっきりしない。美久の心臓がにわかに早鐘を打ちはじめた。震える指で、所属メンバーのページを開いた。スタッフのいちばん上に載っている写真が、まさに昨日の男だった。髪が短く整えられていたが間違いない。

演出・脚本　黒田《くろだ》尊《たける》（四十一歳）。

美久はまばたきも呼吸も忘れ、その男の顔を凝視した。

現在の演出家が言っていた。

『いままでワンマンでやってた主宰者がやめちゃったんです。ずっと主演をしてた女優も一緒にいなくなったから、作風もガラッと変えるしかないって言いますか……』

赤いジャージの綾音は、主宰者とユアがデキていたと言っていた。そのせいでユアばかりが主演していたと、吐き捨てるように……。

2

劇団トーイのチラシを引っぱりだすと、日曜日の今日が、公演最終日になっていた。

昼夜の二回公演で、昼の部は午後一時開演。ならば劇団員は午前中から劇場に詰めているだろうと、美久は部屋を飛びだし、下北沢の小劇場に向かった。

地下の入口にいた劇団員に声をかけ、綾音に面会を求めた。「ちょっと待っててください」と、入口前の廊下で待たされた。行き交う劇団員の表情は一様に暗かった。客の入りが思わしくないのか、あるいは作品の評判が悪いのか……。

十分近く待たされ、ようやく赤いジャージ姿の綾音が姿を現した。彼女の表情もまた暗く、ふて腐れているように見えた。

「いったいなんですか？」

不機嫌さを隠さずに言われ、

「舞台前で集中してるんで、かなり迷惑なんですけど……」

「ごめんなさい」

美久は頭をさげた。

「迷惑なのはわかってたけど、どうしても訊きたいことがふたつあって……」

綾音はそっぽを向いている。

「ユアさんのことを訊きに、警察が来なかった？」

「えっ……」

綾音の顔に困惑が浮かんだ。

「ユアさん、なにかやったんですか？」

「ううん、そういうわけじゃないの。行方が全然わからないから、もしかしてと思って」

「来てません、警察なんて」

「そう……」

美久は声音をあらためた。

「じゃあもうひとつ、前の演出家の黒田さんの連絡先を教えてもらえないかしら？」

綾音の表情があからさまに変わり、気色《けしき》ばんだ。

「それだけ訊いたら帰りますから、お願いします」

美久はもう一度頭をさげた。

綾音は黙っている。視線を泳がせ逡巡《しゅんじゅん》している。

「あなたって……絶対うちの芝居に興味があるわけじゃないですよね？　いったいなにを探ってるんですか？」

「べつにそういうわけじゃ……」

美久は口ごもると、綾音は再び黙りこんだ。深い溜息をひとつついてから、スマートフォンを取りだした。

「べつにいいですけどね、教えても……」

綾音が口にした住所と電話番号を、美久はスマートフォンのメモ機能で記録した。不意に胸がざわめいた。こちらを見ている綾音が、口許に笑みを浮かべていたからだ。幼げな顔に似合わない、悪意の滲んだ嫌な笑い方だった。

「どうして笑ってるの？」

眉をひそめて訊ねると、

「べつに……」

綾音はスマートフォンをジャージのポケットにしまった。

「ただ、気をつけたほうがいいですよ。ユアさんも最低な人ですけど、黒田先生はそれ以上に最低最悪ですから」

「……どういう意味？」

　綾音は答えずに劇場に戻っていった。黒田がユアを依怙贔屓《えこひいき》して、自分の演技力が正当に評価されなかった——それ以上の憎悪に近いなにかが、綾音の不遜《ふそん》な態度からは伝わってきた。

　もしかすると……。

　彼女は黒田に抱かれたことがあるのかもしれない。役のためなら体を投げだす——可愛い顔に似合わず、綾音にはそういう気の強さがありそうだ。にもかかわらず、黒田は綾音にたいした役は与えなかった。黒田という男には、そういう非情さがあるように思えてならなかった。


　黒田の携帯電話は繋がらなかった。

　なんとなく、そんな気がしていた。だから面倒でも、わざわざ下北沢まで足を運び、綾音に面会を求めたのだ。携帯番号だけなら、〈スプラッシュ〉の佐藤でもわかる。店の携帯に着信履歴が残っている。しかし、住所となると、付き合いのあった者にしかわからない。

　黒田の自宅があるのは、大田区の久《く》が原《はら》というところだった。

美久には馴染みのない場所だった。電車を乗り継いで辿りついてみると、高級感漂う閑静な住宅街だった。一流企業に勤めているとか、親の代からの経営者とか、あるいは国家公務員とか、社会的な成功者が家族とともに幸せを噛みしめて暮らしているような雰囲気がした。ひどい違和感だった。錆びたナイフのように荒んだ眼をしたあの男に、まったく似つかわしくない。

スマートフォンで場所を確認しながら歩いているうち、あっ、と思った。美久はいままで、黒田がひとり暮らしをしていると思いこんでいた。表情、態度、セックスのやり方、どれをとっても、黒田に家族があるとは思えなかった。

しかし、いてもおかしくない。年齢的なことを考えれば、いる確率のほうが遥かに高いのではないか……。

急に足が重くなったが、図らずも足をとめた目の前の家に、「ＫＵＲＯＤＡ」という表札が見てとれた。豪邸というほどではないものの、コンクリート打ち放しの外壁をもつ、スタイリッシュな一戸建てだった。

インターフォンを押せば、あの男の声が返ってくるだろうか。日曜日だから、在宅している可能性はある。しかし、家族がいるなら普通、対応するのは奥さんだろう。奥さんに名を名乗り、取り次いでもらうのは、ひどく気まずい。取り次いでもらったら取り次いでもらったで、話をする自信が急になくなった。「なんの用だ？」と凄まれたら、口ごもってしまいそうだ。

ユアを捜している……。

それは嘘ではなかったが、ユアを心配する気持ちとは別の意識で、ここまで足を運んできたような気がした。

黒田個人に対する興味だ。もちろん、黒田について知ることは、ユアを知ることにもなるだろう――言い訳がましいと自分でも思う。黒田に会えばそれを見透かされてしまいそうで、怖くもあり、恥ずかしくもあった。

それでも、まわれ右をして引き返す気にはなれなかった。

自分には、黒田に会う資格がある。権利と言ってもいいが、あれほどの仕打ちを受けたのだから、文句のひとつくらい言ったっていいだろう。化粧が剝《は》がれるまでバスタブの湯に顔を突っこまれ、首まで絞めあげられたのだから……。

深呼吸を何度かしてから、門に近づいていった。インターフォンを押そうとすると、玄関の扉が開いた。ショートカットに白いニットワンピースの、小柄な女が出てきた。奥さんだ、と直感した。年は三十代後半だろうか。陽だまりでまどろんでいる猫のように、可愛い感じの人だった。

鍵を閉めてアプローチを進んでくると、

「なんでしょう？」

立ちすくんでいる美久に、笑顔で訊ねてきた。黒眼がちな顔が可愛かったが、デパートガールやキャビンアテンダントを彷彿《ほうふつ》とさせる、鍛え抜かれた隙のない笑顔だった。

「あのう、ご主人は……黒田尊さんにお会いしたいのですが……」

可愛い顔がにわかに曇った。

「あなた、どなた？」

「劇団トーイの関係者です」

「なら知ってるんじゃないですか？　黒田はもうここにはいません。離婚も成立しました」

美久が表札に眼をやると、

「名字は変えてないんです。子供たちのために」

先まわりして言われた。

「申し訳ないけど、もう来ないでくださいね。黒田とわたしはもう、いっさい関係ありませんから」

「わかりました。でもできれば、いま住んでいるところを……」

美久の言葉を背中で断ち切り、小柄な女は去っていった。小さな背中から悲愴感が漂ってきた。ただ、足取りにはそれに負けない力強さがあった。申し訳ないことをしてしまった。どんな経緯があるにせよ、離婚したということは、彼女も黒田によってつらい目に遭わされ、傷ついているということだ。

3

住宅街を抜けて大通りに出ると、ファミリーレストランの看板が見えた。

少し休んでいくことにした。

自宅を出たときは晴れていたのに、空が黒い雲に覆われはじめていた。雨が降ってくるかもしれないと思うと、沈んだ気分がさらに沈んだ。

日曜日の昼時にもかかわらずファミリーレストランはすいていて、メニューにはビールはもちろんワインやウイスキーまでラインナップされていたが、美久はコーヒーを頼んだ。朝から飲んだワインの酔いがまだ体の芯に残っていて、嫌な感じだった。こういう場合は、いっそアルコールを追加投入したほうが楽になるのだが、いまは酔いたくなかった。

砂糖もミルクも入れないで熱いコーヒーを啜りながら、自分はいったいなにをやっているのだろうと思った。いや、どうしてこれほどむきになっているのだろう？

連絡先を教え、再会を約束したにもかかわらず、ユアは電話もメールもしてこなかった。

会いたくないのだ、と考えるのが普通だろう。

なのに強引に会おうとし、人のプライヴェートに土足で踏みこむ愚を犯している。

理由はあきらかだった。

ユアだけのことなら、もう諦めていたかもしれない。連絡すべきところにはすべて連絡したので、あとは待つしかないと……。

ただ待つことができないのは、黒田のセックスがよかったからだ。

死んでもいいと思えるほどの恍惚を味わった経験など、美久にはなかった。やり方はひどいものだったし、二度と味わいたいとは思わないけれど、間違いなく最高の快楽を与えてくれた。もう丸一日が経過しているのに、まるで楔《くさび》を打ちこまれたように、この体にはまだ感覚が残っている。黒田に首を絞められながら絶頂に達したときの爆発的な解放感を、あれから何度も反芻している。そのたびに体が熱くなり、わけもなく叫び声をあげたくなる。

スマートフォンが電話の着信音を鳴らした。

矢崎だった。

美久は出ないで音をオフにした。矢崎の心配そうな顔が頭に浮かんだ。ナナセが死んでから、頭に浮かんでくる矢崎の顔は、いつも心配そうに眉根を寄せている。そうでなければ、哀しそうな遠い眼をしている。本来の彼は、そういうタイプではなかった。いつも自信に満ちあふれていて、冗談が好きで、難癖をつけてゴネる客はためらうことなく殴りつける……。

美久は矢崎とするセックスが好きだった。

たぶん……。

この世でいちばん……。

「この世でいちばんうまい食べ物ってなんだか知ってる？　砂漠を歩いてるときの一杯の水とかそういうのを別にすれば、海亀って説が根強いんだ。昔はフランス料理の定番だったらしいけど、いまは捕獲禁止で滅多に食えるもんじゃない。でも、なにごとにも抜け道というものがあってね、小笠原で養殖してたり、沖縄の離島で自然に浜にあがってきたやつを食っちゃうとか、そういうことがあるらしい。一度でいいから食ってみたいよな、海亀のスープ。スッポンがあれだけうまいんだから、海亀はきっと想像を絶する味だぜ……」

ホテルに入る直前まで、矢崎はいつもそんなどうでもいい話をひとりで延々としている。そのくせ、部屋でふたりきりになると、言葉を忘れてしまったように口をきかなくなる。笑いもせずにまじまじと顔を見つめられ、美久は照れてしまって顔をあげられない。抱きしめられると、息がとまる。決して強い力ではないのに、胸がいっぱいで呼吸ができなくなる。

唇と唇が重なる。キスもまた、息がとまりそうになるほど深い。時間をかけて舌と舌とをからみあわせられると、美久は脚に力が入らなくなり、しゃがみこんでしまいそうになる。それでもまだ、矢崎はベッドに行くことを許してくれない。立ったまま愛撫をするのが好きなのだ。キスもボディタッチもどこまでも甘いくせに、不安定な体勢を好む不思議な男だった。

キスを続けながら、矢崎の手指が体中を這いまわる。服の上から乳房を揉まれ、お尻を撫でられる。美久もやり返そうとするが、翻弄《ほんろう》されすぎて防戦一方だ。そのうち、本当に立っていられなくなって涙眼で哀願すると、両手を壁につかされる。まだベッドには連れていってもらえない。スカートをまくりあげられ、ストッキングとショーツをおろされる。尻の双丘に指が食いこみ、桃割れをひろげられる。熱く潤んだ部分に矢崎の吐息を感じ、美久の体に身震いが走る。

矢崎の愛撫はしかし、熱くなった部分をすぐには刺激してくれない。まず初めにキスをしてくるのは、決まってアヌスだった。チュッと音をたてて口づけし、それから舌を這わせてくる。「知ってる？　尻の穴にキスをするってことは、キミの奴隷になってもいいって意味なんだぜ」。矢崎の軽口を思いだし、美久の頬は燃えるように熱くなっていく。「だから、尻の穴にキスしてくる客には注意したほうがいい。風俗嬢に惚れこみすぎた男の末路はストーカーだ」……。

矢崎の舌は丁寧すぎるほど丁寧にアヌスを舐めまわす。アヌスだけを舐められるのはくすぐったいが、指先で蜜のしたたる裂け目を刺激してくるのも忘れない。触るか触らないかのフェザータッチで花びらの合わせ目をなぞり、クリトリスにも触れてくる。

まだ靴さえ脱がされていない美久は、パンプスの中で足指を思いきり丸めながら、こみあげてくる喜悦をこらえる。矢崎の愛撫は性感のポイントを正確に刺激してくるので、早くも軽いエクスタシーに達してしまいそうになるが、必死になってこらえる。風俗嬢をしているくせに、裸にされる前から声をあげて乱れてしまうのは恥ずかしい。

矢崎とのセックスは、いつだって恥ずかしかった。

立ったまま尻を突きだした美久にひとしきりクンニリングスをすると、矢崎は服を脱がしてくる。自分も脱いで全裸になり、立ったまま熱い抱擁だ。真顔でまじまじと顔をのぞきこまれ、美久は下を向く。勘弁してくれ、と思う。こんなところでアダムとイブごっこかよと胸底で舌打ちするが、顎をつかんで顔をあげさせられる。甘いキスを与えられ、また見つめられる。美久は再び下を向くが、きちんと見つめ返すまで矢崎は許してくれない。

しかたなく見つめ返し、視線をからめあいながら口を吸いあうと、ようやくお姫様抱っこでベッドに連れていってくれる。そこでもまた見つめられる。胸のふくらみをやわやわと揉んではうっとりと眼を細め、乳首を吸っては視線をからめあおうと誘ってくる。

この男は馬鹿なんじゃないか、と何度も思った。

美久は六十分一万八千円で誰にでも性的なサービスをするデリヘル嬢だった。そんな女を、どうしてここまで愛しげに見つめられるのだろう？　愛していると、熱い視線で伝えてこようとするのだろう？　だいたい、一万八千という値段をつけて売っているのが、当の矢崎なのである。

もちろん、馬鹿ではないことがわかっているから、美久は戸惑ってしまうのだった。矢崎の視線を受けとめてしっかりと見つめ返すことも、突き飛ばして逃げだしてしまうこともできない自分が歯痒《はがゆ》かった。

矢崎の手指が両脚の間を這ってくると、これ幸いとばかりに快楽に逃げこんだ。いやらしいほど身をよじり、喜悦に歪んだ声をあげて、淫蕩《いんとう》な女を演じた。それだけは得意だったが、矢崎はもちろん、演技など求めていない。あらゆる手段を使って淫蕩な女の仮面を剝がし、素顔をのぞきこんでこようとする。

美久の抵抗は、いつだって虚しく敗北する運命にあった。

硬く勃起した男根で貫かれると、すべてがどうでもよくなる。演技など忘れて、矢崎とひとつになっている幸福感をただ嚙みしめる。そうなると、見つめあうことがもう恥ずかしくない。いや、恥ずかしいことは恥ずかしいのだが、身をよじりたくなるような恥ずかしさすら幸福の一部に感じられ、むしろ自分から矢崎を見つめ、キスをしていく。鏡を見れば自己嫌悪に陥るに決まっている浅ましい表情をしているはずなのに、顔をそむけることができない。

見つめあいながら、何度もイカされる。

矢崎の腰使いはスローピッチをキープしつづけ、時折ひどくもどかしくなるのだが、溜まりに溜まったものを吐きだすためだけに腰を振る客が相手では決して感じることがないそのもどかしさが、深く濃い快感を味わわせてくれるのだ。

その時が永遠に続けばいいと、いったい何度願ったことだろう。体の内側で矢崎を感じながらいつまでも果てることなくイキつづけていたいと、何度祈ったことだろう。祈りが天に届いたことはないが、祈ることが愛することだと、美久は矢崎に教えられた。

終わりはいつも、非情なまでの唐突さで訪れる。

矢崎の顔色が変わり、にわかに抱擁が荒々しくなる。大きく突きあげ、手放しで悲鳴をあげている美久の中で男の精を放つ。スキンを装着しているのに、体のいちばん深いところでドクンと男根が蠢動《しゅんどう》したのがわかる。美久は総身をのけぞらせながら、矢崎にしがみついていく。矢崎の抱擁も強まる一方で、ドクン、ドクン、と歓喜の証左《しょうさ》を美久の体に刻みこんでくる……。

「コーヒーのおかわりいかがですか？」

声をかけられ、美久は我に返った。メイドのような制服を着たウエイトレスが、コーヒーサーバーを持って立っていた。

「……どうかいたしましたか？」

ウエイトレスが眉をひそめて心配そうな小声で言った。そのときになって初めて、美久は自分の頬に涙が伝っていることに気づいた。コーヒーのおかわりを断って、手洗いに向かった。

矢崎との幸福だった日々を思いだし、センチメンタルな気分になってしまったわけではない。

黒田によって、矢崎とのセックスの記憶が穢《けが》された気がしたから、涙があふれてきたのだった。手荒に扱われた恨みを言っているのではない。凌辱や狼藉《ろうぜき》では、美しい思い出を穢すことなんてできない。

穢すことができるとすれば、それ以上の快楽を与えられたときだけだった。砂に書いたラブレターを波が消し去っていくように、矢崎との甘い記憶を黒田が洗い流していく……。

4

ファミリーレストランを出ると外は真っ暗で、小雨が降りだしていた。

知らない街にいる心細さが、おかげで倍増した。涙はとまっても気持ちの混乱はおさまっていなかったし、駅の方角もよくわからなくなっていたので、手をあげてタクシーを拾った。「目黒」とだけ運転手に告げると、シートにもたれて眼をつぶった。

自分の心は歪んでいる、と思う。

矢崎のことをたしかに愛していたはずなのに、楽しい思い出を探そうとしても、思いだすのはセックスのことばかりだった。デートらしいデートをしたこともなければ、未来を語りあったこともなく、過去を慰めあったこともない。結婚がゴールの就職活動めいた恋愛をしているわけではないからそれでいいのだと思う一方で、やはりなにかが欠落していると思わざるを得ない。

不意に矢崎に会いたくなり、スマートフォンを手にした。

その点についてどう思っているのか、訊ねてみたかった。「店をやめて一緒に暮らそう」と矢崎はよく言っていた。そうすることの先に、彼がどんな未来を夢見ていたのか知りたくなった。

もちろん、知ったところで虚しいだけだ。会わないほうがいいと思い直して、深い溜息をついた。どれほど胸の躍る未来を語られても、ふたりの間にナナセの冷たい死が横たわっている以上、実現することはできない。過去はあっても、未来はない。それが自分と矢崎の関係なのである。

突然、手の中でスマートフォンが震えだし、美久はビクンとした。電話の着信だ。矢崎かもしれないと思ったが、そうではなかった。パネルに表示されていたのは、数時間前に新規登録したばかりの名前……。

黒田だった。

一瞬、自分の眼を疑った。まさかかけ返してくるとは思っていなかった。心の準備もないまま反射的に出た。

「もしもし……」

言葉が返ってこない。

「わたし、昨日ご一緒した女です。鶯谷〈スプラッシュ〉の……」

「……ああ」

しゃがれて消え入りそうだったが、それはたしかにあの男の声だった。

「早速、営業の電話かい？　熱心だな、最近のデリヘルは」

「そうじゃありません。お店と関係なく、もう一度会っていただきたいと思って……」

黒田は黙っている。

「お願いします。あんな……あんなことされたの、わたし初めてで、忘れられないんです……」

美久は身をくねらせ、せつなげに声を絞りだした。我ながら、うまい具合に演技のスイッチが入ってくれた。運転手が聞き耳を立てているような気がしたが、かまってはいられない。

「わかるでしょう？　あんな刺激的なことをされたまま放置なんて、ひどすぎます。もちろんお金なんていりませんから……」

「電話だと、ずいぶん殊勝だな」

「だって……」

「悪いが、いまはそんな気分じゃない」

黒田は撥《は》ねつけるように言ったきり、黙りこんでしまった。美久は待った。黒田がただ拒絶したのではない気がしたからだが、予感は当たった。

「セックスじゃなくて、酒が飲みたい気分なんだ。だが生憎《あいにく》、この部屋にある酒は全部呑んでしまってね……買ってきてくれるか？」

「ええ、もちろん。よろこんで」

意外な展開だったが、もう一度あの男に会うことができると思うと、美久の鼓動は怖いくらいに速くなっていった。それにしても、まさか自宅に招いてくれるのだろうか。今度こそ、ひとり暮らしの……。

「そうだな、スコッチがいいな。シングルモルトじゃなくてブレンディッドがいい。ボトルを二本買ってきてくれ。意地汚いが、一本じゃ朝までもたないかもしれん……」

告げられたのは、新宿にあるというホテルの名前と部屋番号だった。自宅は離婚した奥さんに渡したようだから、ホテル暮らしをしているのかもしれない。

「行き先、新宿に変更してください」

電話を切り、運転手に言った。

「それから、途中でお酒を買えるところに寄って……」

「かしこまりました」

美久は大きく息を吐きだし、シートにもたれた。黒田に会ってどんな話をすればいいのか、まるで考えがまとまっていなかった。ただ、会いたいという衝動だけが、美久を突き動かしていた。

指定されたホテルは新宿四丁目にあった。

大通りを曲がってしばらく行ったところにある、一見マンションのように思える五、六階建ての地味な建物で、まわりはオフィスビルばかりだった。残業で終電を逃した近隣のサラリーマンが、コンビニで缶ビールと弁当を買って一夜をやり過ごすようなところである。

入っていくといちおうフロントがあり、脂の抜けきった顔をした初老の男がカウンターの中で立ちあがった。四〇四号室と、美久は黒田の部屋番号を告げた。初老の男が内線電話で確認し、通してくれる。

四階までエレベーターであがり、四〇四号室の扉の前に立つと、さすがに緊張感がこみあげてきた。「いまはそんな気分じゃない」という黒田の言葉が耳底に残っている。

人の気分は変わりやすいものだが、昨日のようなことは二度とごめんだった。黒田に会いたいという衝動はあっても、抱かれたいという願望はない。そういう雰囲気になったら迷わず逃げようと心に決め、震える指で呼び鈴を押した。

扉が開き、黒田が顔を出した。よれたワイシャツの胸をだらしなくはだけ、下の黒いズボンも皺くちゃだった。昨日から着替えていないらしい。

黒田が部屋の中に引き返したので、美久も続いて入った。シングルベッドがふたつ並んだツインルームで、意外に広かった。小さめだが、四人掛けのソファセットもある。ローテーブルには缶ビールの空き缶やウイスキーの空瓶、コンビニ弁当の残骸があった。黒田はそれを乱暴にビニール袋に突っこみ、ゴミ箱に捨てた。

「酒、買ってきてくれたかい？」

美久はディスカウントショップの袋を差しだした。ブレンディッドのスコッチ——ロイヤルハウスホールドを選んだ。二本で六万弱した。レジでカードを渡す手が震えたが、安い酒を買ってきて、足元を見られるのは嫌だった。

黒田は顔色を変えずに封を切り、自分のぶんだけグラスに注《つ》いでストレートのまま一気に飲んだ。

「……いい酒だ」

ソファにもたれ、眼をつぶって天を仰ぐ。微醺《びくん》を含んだ息を大きく吐きだし、二杯目をグラスに注ぐ。

ソファさえすすめられていない美久は、まだ立ったままだった。酒を呷る黒田を、ぼんやりと眺めていた。昨日とは違い、威圧的な感じはまるでしない。それでも、眺めていると頭の芯が熱くなってくる。平常心を掻き乱され、意味もなく叫び声をあげたくなる。

「昨日は……殺されるかと思いました」

首をさすりながら言うと、

「馬鹿言え」

　黒田は余裕たっぷりに苦笑した。

「こう見えて、格闘技の心得があるんだ。絞めたのは頸動脈《けいどうみゃく》で、気道《きどう》じゃない。死なないように加減してたさ」

「格闘技？」

　美久は声を低く絞った。

「特技の多さに感心します。劇団トーイの演出家だった、黒田さんですよね？」

　部屋の空気が一瞬にして変わった。自分の力で変えてやった。

「演劇活動は長くやってらっしゃるんですか？　そこまで調べきれませんでしたが」

　黒田が不思議そうな眼を向けてくる。

「ハッ、演劇活動？　劇団トーイなんて、演劇なんて呼べる代物じゃない。学芸会以前のお遊戯だ」

「でもあなたはそこで、ユアに出会った」

　黒田は視線を泳がせ、深い溜息をついた。グラスを口に運び、もう一度深い溜息をつく。

　長い沈黙があった。

「ユアを捜してるっていうのは本当なのか？」

黒田が猜疑心《さいぎしん》たっぷりに眉をひそめて訊ねてくる。

「本当です」

「なぜだい？　とぼけたことを言うようなら、またバスタブに顔を突っこむことになるぞ」

美久は迷っていた。捜査一課の刑事が彼女を捜していることを、話してしまったほうがいいのかどうか……。

諸刃《もろは》の剣だった。直感的に、それを口にすれば黒田の心を揺さぶれる気がした。しかし、心を揺さぶりすぎて、口を閉ざされてしまっては元も子もない。切り札を切るのは、もう少しこちらが情報を得てからのほうがいい。

もう一点、ユアの実家についても彼なら知っているような気がしたが、知っていれば当然、自分であたっているだろう。実家でもわからなかったからこそ、風俗店のホームページを虱《しらみ》潰しにあたって、会いにきたのだ。

「どうした？　早く捜している理由を話してくれよ」

「ユアは……わたしによく似てるんです。昔やりまんって言われてたこととか、人間関係に絶望して風俗嬢になったところとか……」

「それで、自分を投影した風俗嬢のルポルタージュを書きたくなった？」

美久がうなずくと、黒田は顔を歪めた。次の瞬間、声をあげて笑いだした。

「よせ、よせ、おかしな思いこみは。あんたはユアには似てない。まるで別の人種だ。ユアは特別な女なんだ」

美久は顔が熱くなっていくのを感じた。なるほど、自分は特別な女ではないだろう。だが、なにが違うというのか。こちらはユアの足元にも及ばない、取るに足りない存在なのか。抱き比べておいて、それを言うのか……。

「まあ、いい。うまい酒を持ってきてもらったお礼に、少し話をしてやろう。座りたまえ」

うながされ、美久は向かいの席に腰をおろした。

「俺はこう見えて、ビジネスの世界ではそこそこ成功してたんだ。大成功ってほどじゃないが、二十代で都内に一戸建ての家を建て、ドイツ車に乗り、子供たちをインターナショナルスクールに通わせて、バカンスは毎年ヨーロッパっていう程度には稼いでた。照明のデザインが専門でね。住宅を主にやってたんだが、日本人の多くはライティングの重要さをまったく理解していない。家を建てるとなると間取りのことばっかり気にして、灯《あか》りは二の次、三の次っていうのが実情だ。しかしね、物の見え方を決めているのは光なんだよ。月を見ていればわかるだろう？　形は変わらないのに、光のあたり方によって満月にもなれば三日月にもなる。家だって同じだよ。どんなに立派な内装にしても、ライティングがダメならすべてが台無し……まあ、そうはしたくない意識的な建築家や設計士と組むことで、俺の生活は年々豊かになっていったわけだが……」

美久は久が原の黒田の家を思い出していた。あの家を二十代で建てたということは、仕事においてかなりの才覚を発揮していたに違いない。

「劇団トーイに関わるようになったのは、一年ほど前のことだ。ちょうど四十になっていた。なんとなく、退屈しててね。スタッフが育ってたから、俺がしゃかりきにやらなくても仕事がまわるようになってたし、女房は子育てに夢中だった。べつに険悪な関係になったわけでもないんだが、なんとなく落ち着いてしまった感があったんだな。そんなとき、古い友達が話をもってきた。俺は大学時代、かなり本気で演劇に打ちこんでいたからね。そのころの伝《つ》手《て》で、演出をやってみないかって誘われたんだよ。若い子ばっかりの劇団だから、束ねられる大人をひとり欲しがってるってことだった。もちろん、金についても期待されてたんだが、稽古場の家賃を払ったりするくらい、俺にはなんでもなかったからな。俺は昔から、趣味はゴルフっていう大人にだけはなりたくなかったんだ。三十過ぎて体がなまりはじめたときも、ゴルフはもちろん、ありきたりなフィットネスジムに通うのも嫌で、柔術の道場に入門したくらいのひねくれものなのさ。だから、いい歳して無名の小劇団の演出する自分をカッコいいと思ったよ。若い連中とガチャガチャやってりゃあ、年とって鈍くなった感性に多少の刺激もあるだろうとも思ったしね。実際はうんざりすることばかりだったが……しかし、面白いのがひとりいた。面白いうえにとびきりの美人が……」

美久は大きく息を呑んだ。黒田の滑舌はなめらかで、話せば話すほど眼が輝いていったが、その瞳に映っているのは、夢や希望とは真逆のものであるように思えてならなかった。

5

初めてあいつを見たときのショックは忘れられないな、と黒田は続けた。

俺があの劇団の面倒を見ることになってまずやったことは、稽古場を確保することだった。二子玉川にある一軒家カフェを押さえた。緑に囲まれてすごく雰囲気がいいところなんだが、潰れてるのに利権の関係でゴタゴタしてて、店をリニューアルして再開するにしろ、取り壊すにしろ、かなり時間がかかるって話だったから、うまいこと説得して安く貸してもらったんだ。

ユアは古参のメンバーだったんだが、バイトやらなんやらでミーティングを欠席してて、最初の稽古まで会ったことがなかった。俺はいい雰囲気の稽古場が見つかってご機嫌でね、日曜日の正午集合だったのに、十時半くらいには到着してた。もちろん誰も来てないから暇をもてあまして、コーヒーでも淹《い》れておいてやろうかとか、最初からその調子じゃナメられるなんて、どうでもいいことを考えながら、しかしまあ、ご機嫌なのは変わらなかったんだ。

十一時を過ぎたころかな、ドアをノックして、ユアがおずおず入ってきたんだ。本当におずおずって感じだった。格好がイカしてた。洗いざらしのツナギを着てたんだ。ガソリンスタンドの人とかが着てるやつな。フリーマーケットで五百円で買ったなんて言ってたけど、ユアは要するに下北沢や中央線沿線によくいるような、典型的なタイプだったわけだよ。生活を極端に切りつめて演劇活動に打ちこむ……って言えば聞こえはいいけど、要は都会の底辺でその日暮らしを楽しんでいるっていう、そういう若い女の子だった。

女の子って言っても、当時二十八だったからな。所属してるのは無名の弱小劇団で、その中でもあいつは芝居が下手くそだからいつも脇役で、稽古があるからバイトは続かず、ろくに飯も食ってないのに平然としてるんだから、かなりまあ、残念というか痛い感じだったね。でも、美人は美人なんだ。劇団の中でとかいうレベルじゃなくて、どこに出しても恥ずかしくないくらいの。髪ひっつめてくしゃくしゃのツナギ着てても、ファッションモデルがドレスダウンしてるように見えたから俺は驚いたよ。こいつを使って芝居を書こうって、俄然《がぜん》燃えたね。ユアを主役にするって言ったら他の連中は引いてたけど、稽古場を提供して公演にもそれなりに金を出すことになってた俺に、文句を言うやつはひとりもいなかった。

いくら芝居が下手くそでも、台本をあて書きすればなんとかなると俺は思った。芝居っていうのは役者が台本の世界観や役を解釈して、演技力でそれに近づけていくもんなんだが、最初から演じ手を想定した台本を用意すれば、役者の力量はいくらか誤魔化せる。あいつはまわりに合わせるのが極端に下手だったから、それを織りこみずみで役を設定した。最初は、現代にタイムスリップしてきた江戸時代の遊女だったな。そういう役ならトンチンカンな芝居をしても、わざとやってるように見えるってわけだよ。

しかし、その大抜擢にあいつは悩みに悩んでしまってね。もともと野心のないタイプなんだ。野心があるなら、とっくに芸能界と関わってたはずだし、水商売でひと財産つくっていたかもしれない。でもあいつは、貧乏しながら小劇団で頑張ってる健気な自分が好きだったんだ。

俺は怒ったり励ましたり、そりゃあもういろんなことをしたよ。よその劇団の芝居に連れていったこともあれば、戯曲集やDVDを山のように貸してやったし、そのうちそれくらいじゃおさまらなくなって、ブランドもんの服を買ってやったり、ボーイが椅子を引いてくれるレストランにエスコートしてやったり、とにかくひと皮剝いてやろうと必死になってた。

ユアも必死だったな。不器用なりに一生懸命、俺の期待に応えてくれようとしてた。

だがまあ、そんなふうに関係が密になってくりゃあ、ひょんなことで一線を越えちまうもんじゃないか。俺は趣味がゴルフって大人になりたくなかったが、劇団の演出家がせこい権力を使って若手の女優を手込めにすることはもっと軽蔑していた。中小企業のタコ社長が自分の会社のＯＬにセクハラするみたいなもんじゃないか。最低だよな？　最低なんだよ……でも俺は抱いちまった。抱かずにいられなかった。

俺が演出することになって最初の公演の三日前だったな。ふたりだけで夜中まで稽古してたんだけどダメ出しが続いて、お互い悪い意味で煮つまってきちゃってね。俺は気分を変えるためにユアをドライブに誘ったんだ。仕事に行くときや家族を乗せるのはメルセデスなんだが、若い連中と会うのにでかいクルマを乗りまわしてるのが嫌でさ。稽古場には中古で安く買ったロードスターで通ってた。ツーシーターでオープンカーになるやつな。それで横浜まで走ったんだ。月が綺麗だったよ。なんて言うんだろう、月って文学的じゃないか？　日本の月は文学的なんだよ。俳句に詠《よ》まれたりしてな。でも、その夜の月は惑星って感じがした。見たこともないくらい大きくて、太陽の光を反射しているはずなのに、発光してるんじゃないかってくらいに輝いて、ウサギはどこにいるんだって感じだった……でも、助手席で思いつめた顔をしてるあいつは、それ以上に輝いてた。まったく、女神がそこにいるみたいだったよ。

誓って言うが、俺は欲情していなかった。月より綺麗なあいつに同化したかったんだ。そのためなら、いろんなものを失ってもしようがないって思った。「抱いてもいいか？」って訊いたんだ。惑星みたいな月の下で。「ずっと待ってました」なんて、あいつは真面目な顔をして答えたよ。

あんたも美人だからわかるかもしれないが、男は美人すぎる女に欲情しにくいもんだろう？　スケベな気持ちになりにくいっていうか、抱き心地を想像しづらいっていうか……ホテルに入ってもそういう気分にならなくて、俺は戸惑いながら抱きしめたよ。べつに最後までする必要はない。ハグだけで朝まで一緒にいようなんて、阿呆《あほう》なこと考えながらな……。笑うだろ？　にきび面の高校生かよ、って自分で自分に突っこんだからな。でもそれくらい、清らかな気持ちだったことは嘘じゃない。

ところがだ。「ずっと待ってました」なんて言ってたくせに、あいつは抵抗しはじめたんだ。それが俺の欲情に火をつけた。女に抵抗されると、是が非でもものにしたくなるのが男って生き物じゃないか。あいつはそれがわかってたんだ。もちろん無意識にだろうが……。だいたい、フリマで五百円のツナギを着て電車に乗るような女だからな。しみったれたセックスしか知らないだろうと思ったよ。教えてやろうと思った。ガタガタ言うなら、大人のセックスで骨抜きにしてやるって意気込んで、服を脱がしたんだ。

綺麗な白い肌をしてたよ。乳首なんかピンクでね。プロポーションも完璧だったが、そこまではまあ、想像がついてたことだ。

生まれたままの姿にしても、ユアはまだ抵抗してた。一生懸命、胸や股間を隠そうとしてたし、キスをしようとしても顔をそむけてね。異様な恥ずかしがり屋なんだ。俺は彼女の心についている鍵をひとつずつはずしていくようにして、愛撫を進めていったよ。もちろん、乱暴にはしなかった。頬にキスして、唇を重ねて、舌をからめあうまで三十分くらいかかったんじゃないか。

気がつけば夢中だった。

稽古場じゃ絶対服従なのに、ベッドでは異様に羞じらう……いったいなにをそんなに恥ずかしがっているのかと思ったら、感じやすいんだ。いやいやしながらも乳首はツンツンに尖りきってて、失禁したみたいに濡らしてた。なのに締まりはよくて、イキやすい。入れてやればものの三分で絶頂だ。そこからイキッぱなしになるんだが、イク前になんとも言えないいい顔をするんだな。恥ずかしがるのはもちろんなんだが、イクことに罪悪感があるような感じでね。眉根を寄せて、小鼻を赤くして悶えに悶えて、だがやっぱり快楽には勝てない……。

俺は狂ったよ。

大人のセックスを教えるどころか、こっちが本物のセックスを教わったような気分だった。

イキやすい……っていうのがやっぱりポイントなんだろうな。体の相性もよかったしな。あんなに綺麗な顔してるのに、最後はすごい形相して……まさに美は乱調にありって感じでイクんだよ。

恥ずかしがり屋もポイントだ。よく言うだろ、「昼は淑女、夜は娼婦」がいい女の条件なんて。あれは正確じゃない。そんなに娼婦がいいなら、金出して買えばいいだけの話だからね。淑女の仮面を剝がして娼婦にすることに、男の悦びはあるんだよ。

そういう欲望を、あいつは叶えてくれた。おかげで俺はボロボロになった。仕事をする意欲も、家庭を大切にする気持ちも、一年かけてすっかりなくなっちまった。

もちろん、後悔なんかしてないよ。仕事にやる気が出て、家庭を円満に保っていられるような女なんて、たいした女じゃないからな。娼婦に毛が生えたようなもんだ。ユアは違った。あいつとするセックスの前じゃ、なにもかも色褪《いろあ》せて見えた。いや、真っ暗だった。あいつだけが漆黒の夜空に浮かんだ月みたいに輝いてた……。

6

ロイヤルハウスホールドは、すでに半分ほど黒田の胃に収まっていた。

美久も喉が渇いていた。我慢しようと思っていたが、いよいよ限度を超えて口の中が干からびたようになり、このままではしゃべることも覚束なくなりそうだったので、黒田に断りを入れて冷蔵庫からミネラルウォーターのミニボトルを出した。

セックスのあとに飲む水より鮮烈な味がした。冷たい液体が喉をすべり落ちていき、体に染みこんでいくのがはっきりとわかった。ざわめいていた気持ちが、ほんの少しだけ落ち着きを取り戻した。

「退屈だったかい？」

黒田の問いに、美久は曖昧に首をかしげた。どこにでも転がっていそうな、ありがちな話だ。おまけに黒田は、みずからの愚行に酔っている。自滅に酔いしれている人間ほど、手に負えないものはない。

とはいえ、退屈はしなかった。

いちばん大きな理由は、やはりユアが人並み外れて美しい女だからだろう。彼女が黒田に抱かれて乱れ、続けざまに絶頂に駆けあがっていくところを想像すると、体のいちばん深いところを締めつけられる気がした。同性の美久でさえそうだった。

さらに、その後の展開だ。

四十になっても大人になりきれない男が、若い女に入れあげてすべてを失うというのはよくある話だし、三十を目前にしてまだ夢を見ていたい女が、年上の妻子持ちに惹かれていくというのもそうだろう。

しかし、ユアはその後、劇団員全員と肉体関係を結んでいる。その飛躍がわからない。

黒田の話によれば、ユアは最初からオシモのゆるいタイプではなかったようだ。なのにどうして、黒田ひとりでは満足できなかったのだろう。黒田が仕事も家庭も放りだすほど夢中になっていたということは、もう一方のユアも、不倫の恋にのめりこんでいたのではないだろうか。死んでもいいと思ってしまうようなセックスに溺れ、他の男のことなど考えられないくらい……。

黒田は酒に酔ったのか、あるいはしゃべり疲れたのか、眼を閉じて黙している。もっとしゃべらせなくてはいけなかった。ありがちな不倫話を聞きに、ここまで来たわけではない。

「あのう……」

美久は恐るおそる声をかけた。

「わたし、ユアさんに会うために、劇団トーイの人に会いにいったんです。ゲネプロっていうんですよね、本番前の通し稽古の日にお邪魔して……そこで仁科綾音さんっていう人と話しました。黒田先生には大変お世話になったので、もしお会いしたらよろしくって……」

黒田が瞼をもちあげた。眼が据わっていた。

「嘘つくなよ」

もちろん、嘘だった。綾音が黒田に対して放った言葉は「最低最悪」だ。

「あの子がよろしくなんて言うはずがない。俺のことを憎んでいる」

「そうでしょうか？　わたしにはなんだか、黒田さんに対してただならぬ感情をもっているように見えましたが。憎しみとは反対の……」

それは嘘ではなかった。もっとはっきり、肉体関係があったのではないかと疑っていた。

黒田は酒を呷り、ふうっと息を吐きだしてから言葉を継いだ。

「綾音って子も変わった子でね。まあ、彼女も彼女で、小劇団にはよくいる典型的な演劇少女なんだが、負けず嫌いで上昇志向が強い。だったら、もっとメジャーな劇団でチャンスを探せばいいと思うんだが、そうはしないんだな。分をわきまえているっていうと褒め言葉になっちまうが、要は自分が通用しないことをよく知っているんだ。失敗することを極端に恐れているわけだけど、そのことにも自覚的だから、コンプレックスの塊になる。それを克服するために、自分が属している小さなグループの中じゃ真ん中に来たがる。べつにいいんだが、子供みたいな顔して色仕掛けをしてきたときには驚いたよ。俺は彼女に色気なんてまったく感じなかったがね。ただ……諭してるところを、ユアに見られた……あれが崩壊の始まりだったな、考えてみれば……」

黒田の声はわずかに震え、それを誤魔化すように酒を呷った。

「俺はユアに三本の芝居を書いて演出してるんだが、綾音が色仕掛けをしてきたのは二本目と三本目の間だ。俺はユアを演出することに手応えを感じてて、次作の構想を練りながら、あいつとセックスばっかりしてた。高円寺の薄汚いアパートから中目黒のマンションに引っ越させてね、そこでほとんど半同棲だ。ところがそんな矢先に、稽古場で俺と綾音が抱きあっているところをユアは見てしまった。抱きあってるって言ったって、綾音が勝手に胸に飛びこんできて、突き飛ばすわけにもいかないから、おおよしよしってなだめてただけなんだぜ。だがユアは、物陰からこっそりそれをのぞき見てて、すごいショックを受けたらしい。純粋なんだよ。さっさと俺に真相を問いつめればいいのに、それすらできないで……どうしたと思う？　浮気したんだ。馬鹿だよな。同じ劇団の役者を俺たちの愛の巣に引っぱりこんで、すぐにバレるような痕跡を残して……馬鹿だけど、可愛いもんだよ。いまなら素直にそう言えるが、あいつが他の男に股開いたことを知った瞬間は、正気じゃいられなかった。俺はもともと、恋愛にあっさりしてるんだ。よくも悪くも執着心ってやつが薄くてね。だが、あのときばかりは嫉妬に狂った。こっちはもう、いろんなものを失いかけていたからな。家庭は崩壊寸前で、仕事にも身が入らず、ユアとふたりで新しい生き方を探さなくちゃなんて、腹を括《くく》りかけてたんだ。そんなときに……綾音の件の誤解をといて、あいつが泣いて謝っても、俺の怒りはおさまらなかった。あいつを寝取った男を呼びだして、半殺しにしてやろうと思った。ユアが体を張ってとめなかったら、本当にしていたと思う。わたしのことを好きにしていいから向こうにはなにもしないでくれと、ユアは俺にしがみついて離さなかった。俺は怒り心頭に発した状態で彼女を抱いた。その後、浮気相手の劇団員をボコボコにして、逮捕でもなんでもされるつもりだったから、最後のつもりで抱いたんだが……」

黒田は大きく息を呑み、それをゆっくりと吐きだしてから、言葉を継いだ。

「すごく……よかったんだ。それまでもユアとのセックスは最高だったが、それ以上だった。嫉妬のエネルギーが新しい快楽の扉を開いたんだな。セックスっていうのは、つくづく不思議なものだと思ったよ。体だけでするもんじゃないし、素直に愛していればいいってもんでもない。愛に圧力がかかることで、愛の強さを実感できるというのかな……ユアもユアで、そのときのセックスには感じるものがあったみたいだった。なにしろこっちは怒り心頭に発してるわけだろう？　いつもより乱暴で、荒々しく抱いたわけだ。あいつはそれをすべて受けとめてくれた。歪んだ感情を含めた、こっちのすべてを。そうすることで、あいつの中でなにかが覚醒したんだ。集中力が増した感じがした……意外な現象だが、セックスだけじゃなくて、芝居にも異様な感じでのめりこむようになったんだ。怖いくらいだったよ。ちょうど三本目の芝居が『ポゼッション』、憑依《ひょうい》をテーマにした作品だったこともあってね。稽古場でユアが芝居を始めると、その場にいる全員が固唾《かたず》を呑んで見守ってたからな。もう誰もあいつのことを下手くそなんて言わなくなった。俺は勝負に出ることにした。その芝居……結果的に俺とユアが組んだ最後の芝居になっちまったが、それをいままでより格上の劇場でやることにしたんだ。格上って言っても、たかだが席数百五十くらいのものだけどな、いちおう劇評が期待できるところなんだ。芝居っていうのはとにかく金がかかるから、俺は公演を成功させるために金策に走ったよ。その一方で……いまじゃひどく後悔してるが、ユアをそそのかしたんだ。浮気をしろって……浮気をすればおまえの芝居はもっとよくなるって……目論見《もくろみ》は当たった。他の男と寝れば寝るほど、あいつの演技は研ぎ澄まされていった……」

遠い眼で薄く笑う黒田を見ていると、吐き気がこみあげてきた。この男は嘘をついている。ユアに浮気をさせたのは、芝居のためだけではない。セックスをよくするために違いない。

「それは……」

美久は震える声で言った。

「それは、いくらなんでもひどくないですか？　ユアさんは、平気であなたの提案を受け入れたんですか？　浮気してこいって言われて、はいわかりましたって……」

「だから」

黒田は声を荒らげようとしたが、次の瞬間、笑った。自嘲気味の、嫌な笑い方だった。笑顔が恥にまみれていた。

「後悔してるって言っただろ。あのころユアは、自分を見失いかけてたんだ。自分の誤解から浮気をしてしまったっていう罪悪感があっただろうし、その一方でセックスが異様によくなって、演技にも集中できてる。いままでとは段違いに、芝居の質があがっている。そういう自分の変化に、彼女自身がついていけない感じだった。つまり……俺の言いなりだったわけだよ」

「それで！」

美久は声を撥ねあげた。

「ユアさんは劇団の中の男全員と、関係をもっていたわけですか？」

「……綾音か？」

黒田は笑った。その笑顔はますます恥にまみれ、正視できないほど醜悪になっていった。

「綾音が言ったのか……まあ、そうだよ。当時あの劇団には、男のメンバーが十三人いた。役者と裏方合わせてね。その全員と、ユアは寝た。一回ずつじゃない。そのころはもう、バイトとかやめさせて、俺が小遣いを渡してたからな。時間はあったんだ。あいつは毎日何人もと腰を振りあって、そうじゃないときは稽古だった。要するに、男をとっかえひっかえセックスしてるか、憑依状態にある頭のイカれたヒロインを演じてるか……まあ、どっちも似たようなものだよ。まともな神経じゃやってられない。ユアはよく頑張った。簡単に壊れたりしなかった。セックスがあいつに力を与えていたんだ。そうとしか考えられない。芝居だけじゃなくて、美しさにも磨きがかかっていったよ。眼つきが色っぽくなったとか、仕草がセクシーとか、そういうレベルじゃない。なんていうか、輪郭がくっきりしていった。稽古してても、あいつだけ存在感がまるで違うんだ。かすみ草の花束の中に、一本だけ深紅の薔《ば》薇《ら》があるように、ひとりだけ放つ匂いまで違う感じで……そんな中、芝居の幕があがったんだ。ユアの演技はすごかった……鬼気迫っていた……俺の書いた台本なんてゆうに超えて、まるでそこにエロスの化身が現れたような感じがしたよ。気がつくと俺は勃起していた。もう少しで射精すら……触ってもないのに、ズボンの中でドピュッと熱いものを……」

　黒田が眼を血走らせて身を乗りだしてくるのと同時に、美久は立ちあがってトイレに駆けこんだ。限界だった。便器を抱えて嘔吐《おうと》した。胃液が苦味とともに逆流し、涙が大量にあふれ、激しく咳《せ》きこんだ。

「……大丈夫かい？」

　背中から声をかけられ、美久はさらに吐いた。大丈夫ではなかった。話を聞いただけでこれほど不快な気分になったのは、生まれて初めてかもしれなかった。立ちあがり、涙と唾液と胃液にまみれた顔を拭いもせず、黒田を押しのけて部屋を飛びだした。黒田のことが、気持ちの悪い人外の生き物に思えてしかたなく、とにかくその場にいたくなかった。

第四章　秘められた疵

1

タクシーで目黒のウィークリーマンションに戻った。

汚れた顔を隠すため、車内ではずっと顔を伏せていた。部屋に入るなり顔を洗ったが、それでは気がすまず、裸になった。頭から熱いシャワーを浴びながら、歯ブラシを取り、歯を磨きだした。自分でもなにをやっているのかわからなかった。シャワーを浴びながらむきになって歯ブラシを動かしていると、再び胃液が逆流してきて激しく咳きこんだ。

なんとか気力を立て直し、髪と体を洗って、きちんと歯磨きを終えるまで、ゆうに一時間以上かかった。心身ともに疲れきっていたので半身浴がしたかったけれど、そこまでの体力は残されていなかった。

胃になにか入れたほうがいいような気がしたが、この部屋には食べるものがなにもなかった。デリバリーのピザや弁当は、脂っこくてとても食べる気がしない。時刻は午後八時。思ったより早かったが、もう眠ってしまおうとベッドにもぐりこんだ。

眠れなかった。

黒田に命じられ、劇団の男たちに次々と抱かれていったユアを思っていた。

可哀相で涙が出てきそうになる。

ひとりの男を愛しながらも、その男は他の誰かと寝てこいと言う。その一方でセックスはどんどんよくなり、演技力があがっていっている実感もある……。

可哀相などという単純な言葉ではとても寄り添うことができない、複雑に乱れた感情を胸に抱えていたことだろう。

美久にも、不特定多数の男とセックスしていた時期があった。大学時代は三つ股をかけていたし、その後風俗で働きだした。

美久の場合、風俗デビューは比較的穏やかだった。初日の客に恵まれていたからかもしれない。風俗の客は、横柄で乱暴な男ばかりではない。風俗嬢に気を遣ったほうがよりよいサービスを受けられることを知っている、遊び慣れた客もいる。

店側の配慮もあったのだろうが、初日にそういう客が続いた。なんとかやっていけそうだと思った。それでも、家に帰ったら泣いた。もう昨日までの自分には決して戻れないと思うと、涙がとまらなくなった。

よくも悪くも、しばらくすると慣れた。

肉体だけを求められるのは淋しいが、肉体だけでも求められると、どこか満たされるものがあるからだ。

その発見が気を楽にした。たとえ欲望の捌け口としてでも、この男は自分を必要としていると思うことができる。射精を遂げた男が満足げな顔をしてくれると、こちらも嬉しい。なかには涙ながらに礼を言ってくれる人もいたりする。そういうときはひどく照れくさいが、やっぱり嬉しい。お金を稼ぐということ以外にも、風俗の仕事にはそういうやり甲斐がある。

ただ、ユアの場合には、黒田という存在があるから、同じ次元では考えられない。

恋愛中の男に、他の男とセックスしてこいと言われる女の気持ちが、美久にはわからなかった。矢崎は美久の働いている風俗店の経営者だったが、彼に強要されて働いていたわけではない。矢崎はやめろと言い、むしろ美久のほうがむきになって仕事を続けていたのだ。

他の男に抱かれたことを、ユアはどんな顔をして黒田に報告していたのだろう。黒田が嫉妬に駆りたてられ、そのエネルギーを欲望に転化させて、激しく自分を求めてくることに対して、どう思っていたのだろう……。

結局、眠りにつくことができず、美久はベッドから起きだした。

時刻は午後十時を過ぎていた。ベッドの中で二時間も悶々としていたのかと思うと、深い溜息がもれた。

ノートパソコンを立ちあげ、インターネットで劇団トーイの劇評を探した。

黒田は、ユアを起用した三回目の公演が大成功したようなことを言っていた。『ポゼッション』という作品である。それがまわりにどう評価されたのか、気になったのだ。

——主演女優の演技には迫力があるものの、脚本があまりにも稚拙。

——演出に疑問。主演女優が頑張っているだけに残念。

——主演女優の怪演が空まわりしている。話がご都合主義すぎるせいだろう。

液晶画面に並んだ文字を眼で追いながら、美久はなんだか、身の置き所がなくなってしまった。

総じて主演女優のユアは褒められていることが多かったが、作品そのものの評価は低かった。小さな劇場でひっそり公演された無名の小劇団の作品なので、それほど多くの劇評がアップされていたわけではない。わざわざ足を運んで感想を書いている人は、よほどマニアックな演劇おたくなのだろうと、文面からも伝わってくる。しかし、それに接したときの黒田の落胆や失望もまた、生々しく想像できてしまった。

大学時代に演劇にのめりこんでいたとはいえ、黒田はそれから二十年近く、照明デザインの仕事に打ちこんできた。二十年前、演劇に対する自分の才能にいったん見切りをつけたのだ。現在の仕事でそれなりの成功を収めた背景に、演劇で挫折した負のエネルギーがあったとするのは短絡的かもしれないが、まったく的外れではないだろう。

照明デザインの仕事で評価されたことで、黒田は自信を取り戻し、もしかしたら演劇の才能も、早々に見切りをつけるほど貧しくなかったのではないかと思い直すようになった。天才ではないかもしれないが、箸にも棒にもかからない凡才でもないのではないか、と。人生経験を積み、経済的にも豊かになったいまなら、大学時代より遥かにいい舞台をつくることができるはずだ、と。

ゴルフクラブのかわりに昔取った杵柄《きねづか》を取ったというようなことを言っていたが、それはニヒルを装うポーズであり、本当はかなりの野心を抱えていたのではないだろうか。幸いなことに、創作意欲をかきたてる女優と出会うこともできた。ユアは黒田に夢を見させたのだ。ひとつの公演で何万人も動員することは無理でも、演劇おたくを驚かせ、カルト的な人気を得るくらいはできるのではないか、と。

しかし、結果は……。

錆びたナイフのように荒んだ黒田の眼つきを思いだすと、美久は同情を禁じ得なかった。その心にはおそらく、草木の絶えた寒々しい風景が延々とひろがっているに違いない。黒田は負けたのだ。家庭を壊し、仕事を失い、愛する女を他の男に抱かせてまで挑んだ勝負に敗北したのである。

プライドの高そうな男だった。

自信満々に見えるのは、そういうふうに人に見られたいという確固とした意志があるからに違いなかった。あの男は、自信満々な自分が好きなのだ。ユアを他の男に抱かせたのも、最終的には自分のところに戻ってくるという自信があったからだろう。いや、戻ってきたという事実をもって、自信満々な自分を成立させたかったに違いない。

どうなったのだろうか？

『ポゼッション』の公演を終えたあと、黒田とユアは劇団トーイを去っている。ユアはユアで、その公演に賭けていたはずだった。いろいろなものを失いながら、それでも歯を食いしばって、黒田に伴走していたはずだった。

戻ったのだろうか？

公演が終わったあと、黒田のもとへ。

自分たちが心血注いだ作品への評価の低さを嘆き、励ましあったのだろうか？　あるいは絶望して演劇から足を洗い、黒田とも別れて風俗嬢になったのだろうか？

伊豆の海で見たユアの無邪気な笑顔が、にわかに哀しいものに感じられた。

正視するのが耐えがたいほど、ふたりの関係の行く末には悲劇的な匂いしか漂っていなかった。

2

いつの間にか、朝になっていた。

椅子に座ったまま、眠ってしまったらしい。眼を覚まし、窓の外が明るくなっているのを見た美久は、自己嫌悪の溜息をもらした。狭い部屋なので、椅子からベッドまでは数十センチしかない。一瞬で移動できるのに、椅子で眠ってしまったせいで体の節々《ふしぶし》が痛んだ。ベッドにダイブしたが、もう遅かった。一度覚めてしまった意識は、二度と心地よい眠りの中に戻ってくれなかった。

空腹が耐えがたかった。

着るのが簡単なルーズフィットのワンピースを頭から被ると、財布を持って外に出た。まともなものが食べたかったが、午前八時半ではどこの店もまだ開いていない。

コンビニに入ると、レジに長蛇の列ができていた。出勤前のサラリーマンやOLが買い物に勤しむ時間帯だ。頑張って、おにぎり二個と温かいお茶をゲットした。野菜ジュースや甘いものも欲しかったが、混雑する店内からなるべく早く出たかった。

普通の会社で普通にOLをした経験が、美久にはほとんどない。大学卒業後、いったん保険会社に就職したものの、研修期間を終える前に辞表を出したから、コンビニでの混雑やランチタイム難民や満員電車を見るたびに、大変だなと同情する。自分には絶対にできないとも思う。

とはいえ、ここ数日まったく仕事をしていなかったので、サラリーマンやOLの姿を見て、妙な焦りを感じてしまった。取り残されている感があった。仕事は仕事できちんとこなさないと、あとで泣きを見るのは自分だ。風俗嬢時代とは違い、フリーライターになってからはカツカツの生活を強いられている。ひとつでも発注先から見放されれば、すぐさまピンチだ。そういえば、来月のカードの引き落とし日には、ロイヤルハウスホールド二本分、よけいなお金が必要ではないか。

おにぎり二個と温かいお茶を胃に収めると、ノートパソコンを立ちあげ、久しぶりにワードを開いた。WEBサイトの編集部から届いた質問を読み、答えを書いていった。

「彼女がセックスが嫌いで困っています」「彼氏が元カノと寝ていたベッドを捨ててくれま

せん」「アナルセックスって気持ちいいんですか?」「ソフトSMに興味があります。うまい誘い方は?」

考えるな、考えるな、と自分に言い聞かせながら、機械的に文字を打っていく。少しは自分で解決策を探す努力をしてみたらどうか、と怒ってしまってはならない。なんでも人に聞きたがるこういう人たちがいるからこそ、フリーライターの仕事が成り立つのである。それを読み物としてなんとか面白くする努力の果てに、おにぎりとお茶にありつけるのだ。

Q&Aを四、五本こなすと、呼び鈴が鳴った。宅配便だった。Q&Aの発注元とは別の編集部から段ボール箱が届いた。中身は、ヴァイブやローターといったカラフルな大人のオモチャが十個ほど。すべて試して、ランキングをつけろというお達しだった。なるべく急いでお願いします……。

さすがに泣きたくなった。

自慰が嫌いだとは言わないが、いまはものすごくしたくない。眼をつぶっていやらしいことなど考えたくない。以前にも何度かやったことがあるが、似たような形状のオモチャのわずかな差異を見つけ、それを言葉にするのは大変な作業なのだ。試さないで適当に書くという手もあるのだが、それだとすぐに詰まって先に進まなくなる。

しかたなくショーツを脱ぎ、ベッドの上で試しはじめた。使用感がわかり、言葉が浮かんでくるとデスクに移り、メモを打ちこんでまたベッドに戻る。両脚の間がなかなか濡れてくれず、本当に泣きそうになってくる……。

完成した原稿をメールで送信し、ひと息ついたのが午後一時だった。けっこう集中できたので、いつもより効率があがったが、そのかわり息も絶えだえになってしまった。

頑張って早く終わらせたのは、もう一度黒田に会いに行こうと思っていたからだった。話の続きが気になった。昨日の今日ならまだあの新宿のホテルにいる可能性が高く、日を置いたら会うことそのものが難しくなりそうだった。会うなら今日だ。いまならきっと、黒田は宿酔《ふつかよ》いに呻吟《しんぎん》し、あの部屋のベッドから動けずにいる。

しかし、体が重くてしんどい。ものすごく、外に出たくない。

こういうときに限って送られてきたオモチャがどれも高性能で、うっかり二回もイッてしまった。数十メートルのダッシュを何本も繰り返したような感じで、そのうえ刺激しつづけたクリトリスがひりひりしている。とにかく休みたかった。本でも読みながらのんびり半身浴をして、蕎麦《そば》屋から鍋焼きうどんの出前でもとり、満腹になって惰眠をむさぼりたい……。

スマートフォンが電話の着信音を鳴らした。

パネルに電話番号の数字だけが並んでいる。登録していない番号ということだ。少し迷ってから、出た。

「もしもし……」

聞き覚えのある女の声だった。

「劇団トーイの……仁科綾音ですが……」

美久は息を呑んだ。

「どうして、この番号を？」

「神谷さん、わたしに電話してきたじゃないですか」

そういえば、最初に匿名で電話した。

「取材の申し込みのメールも、わたしのところに来たし」

美久のメールは、最後に個人情報が添付されるように設定されている。住所、電話番号、メールアドレス……名刺のようなものだ。しかし、まさか彼女が電話をかけてくるとは思っていなかった。

「いま、お電話大丈夫ですか？」

「ええ」

うなずきつつも、綾音の声が妙に弱々しいことが気になった。顔に似合わず、強気な子だったからだ。昨日黒田から聞いた話のせいで、したたかなイメージがついてもいる。

「なにかあったのかしら？」

「もしよかったら、これから会えないかと思って……」

「えっ……」

「ダメなら夜でも、明日でもいいです……」

「ううん、時間はいいんだけど……」

下北沢の劇場を訪ねていってひどく迷惑そうな顔をされたのは、まだ昨日のことだった。いったいどういう心境の変化なのだろう。

「だったら、ぜひ……ユアさんのことで、どうしてもお話ししたいことがあって……」

そう言われたら、断ることはできない。黒田の話の続きも気になったが、綾音の声からはなにか言いようのない、切迫したものが伝わってくる。どこにいるのかと訊ねると、渋谷だと返ってきた。三十分で行くと言って電話を切り、化粧もそこそこに部屋を飛びだした。

3

待ちあわせに指定したのは、クラブクアトロの裏手にあるカフェだった。ビールが飲みたかったからではなく、他に適当な店を思いつかなかったからだ。ランチタイムも終わりに近いせいか、店内は客がまばらだった。

いちばん奥の席に、綾音はちょこんと座っていた。

やはり、様子がおかしい。もともと小柄なのに、肩を落としてうなだれているので、少女のように小さく見える。いつもの赤いジャージではなく、フリルの目立つガーリーな白いブラウスを着ているせいで、よけいに。

「ごめんなさい、待った？」

美久は向かいの席に腰をおろした。

「いいえ」

綾音はこわばった顔を左右に振った。

美久はやってきたウエイトレスにコーヒーと注文を伝え、綾音を見た。居心地が悪そうな顔をしている。こちらから少し話題を振ったほうがいいかもしれない。

「公演お疲れさまでした。どうだった？　観られなくて残念だったけど」

「べつに観ることないですよ」

綾音は苦々しく唇を歪めた。

「お芝居って難しいって、思い知らされた感じでした。黒田先生は超ワンマンだったから、いなくなって自由にできるってみんな喜んでたのに、いざ幕が開くと……てんでバラバラで見るも無惨……劇団って強引でもリーダーシップとる人がいないと、まとまらないんだなって……」

なるほど、そういうわけで元気がないのか。いまの言葉を黒田に伝えたら、どんな反応が返ってくるだろうか。学芸会以下のお遊戯だと、やはりばっさり斬り捨てるだろうか。

「なんでもそうだけど、最初からうまくいくほうがおかしいいんじゃないかな」

美久は励ましの言葉をかけた。

「みんなまだ若いんだし、これからじゃない？　次を頑張ればいいのよ、過ぎたことをあれこれ考えてるより」

綾音は顔をあげず、言葉も返してこなかった。

テーブルを挟んで、重い沈黙が横たわっていた。

ウエイトレスがコーヒーを運んできたので、美久は弱っている胃を守るためにミルクだけ入れて、カップを口に運んだ。

「黒田先生、なんか言ってました？」

綾音が不意に、上目遣いに訊ねてきた。

「会ったんですよね、昨日」

「うん、会った。あなたのことはとくになにも言ってなかったけど」

さすがに本当のことは言えない。

「いえ、その、わたしのことじゃなくて、ユアさんの……」

「そっちもあんまり。黒田さんも捜してるみたいだけど、見つからないんですって。わたしも困っちゃって……」

綾音はどこか苛立った表情でアイスティーのストローを咥《くわ》えた。なにか言いたそうな眼つきをしているが、ためらっている。待つしかないと、美久もコーヒーをひと口飲んだ。

かなり長い沈黙があった。綾音は何度も言葉を吐きだしかけた。そのたびに呑みこんで、わざとらしいほど深い溜息をつく。だんだん美久のほうが苛々してきたが、耐えるしかなかった。なにしろこちらは、彼女がなにをためらっているかさえわからないのだ。

「……バチがあたったんだと思うんです」

ようやく綾音が言葉を発した。

「本当に……本当に今回の公演は出来があまりにも悪くて、初日に脚本の松山くんが怒りだしちゃったんです。稽古不足だって。それで演出の金沢くんと大喧嘩になって、二日目にはふたりとも劇団をやめるって言いだして。なにも公演中にそんなこと言いだすことないのに、だったら俺もって人が何人もいたりして、もうめちゃくちゃ……まだ正式に決まったわけじゃないですけど、たぶん劇団トーイは解散します」

「……そう」

美久はどういう顔をすればいいかわからなかった。公演を観たわけでもないので、下手な慰めをすることもできない。

「……バチっていうのは？」

恐るおそる訊ねると、

「わたしたち、ユアさんに悪いことしたから……」

綾音は唇を嚙みしめた。

「でも、もちろん、ユアさんも悪いんですよ。劇団にいるほとんどの男と寝たって話は本当だし、いくらなんでもそれはないよって思ったし……でも……」

声の震えを抑えてから、綾音は続けた。

「ユアさんって、本当はとってもいい人なんです。年下のわたしが言うのもどうかと思うんですけど、浮き世離れしてるっていうか、天然っぽいところがあって……ひとりだけ年上なのに威張ったりしないし、美人なのを鼻にかけたりだってしないし、いつもニコニコしてて口を開けば貧乏自慢で、主役になれなくても絶対に腐ったりしなくて……黒田先生が来るまではそんな感じだったんです。でもなんか、黒田先生に入れあげられてから急に変わったっていうか、妙にはしゃいでたかと思えば落ちこんで口きかなくなったり、情緒不安定な感じになったんです……」

「ふたりは付き合ってたのよね？」

綾音は美久から視線をはずしてうなずいた。

「バレバレですよ。会ったならわかると思いますけど、黒田先生ってバリアがすごいでしょ？　何人《なんぴと》たりとも俺の世界に入ってくるなっていう。だから誰もなにも言えなかったですけどね。ユアさんにしても、みんなで飲みにいって恋バナに花咲かすって感じじゃないから、確かめようもなくて……」

しかし、ユアは劇団の男たちに個別に近づいていった。最初は黒田が浮気をしたと思いこんでの報復。次からは、黒田に命じられて……。

「ユアさんがみんなとやりまくってたことがバレたのって、前の公演――『ポゼッション』ってやつが終わったあとの打ち上げなんです。黒田先生とユアさんがいつものように一緒に先に帰っちゃって、残り全員で安い居酒屋で飲んでたんです。あの公演、ユアさんすっごいテンション高くて、黒田先生もピリピリだったから、やっと解放されたって感じで、みんなものすごく飲んで……そのうち誰かが、『ユアさんって黒田先生とできてるのかなあ』ってつぶやいたんです。みんな黙ってうなずいたんですけど、別の人が……その人完璧に呂律《ろれつ》まわってませんでしたけど、『ユアさんは俺のものだ。俺とできてる』って言いだして……呂律まわってないから、わたしはなに妄想語ってるのって苦笑いしてたんですけど、男の人たちみんな青ざめて……どうしたのって訊いたら、『実は俺も……』って大告白大会に……」

美久は胸が締めつけられる思いだった。自分の大学時代もきっと、そんなふうにして秘密がバレたに違いない。

「みんな、しばらくショックで声が出ませんでしたね。それまでワイワイガヤガヤだったのが、いきなりお通夜みたいになっちゃって、お店の人、不気味がってましたから。わたし、だんだん腹がたってきて、ユアさん呼びだしてどういうつもりか訊こうって言ったんです。みんなにとめられましたけど。でもやっぱりおさまらなくて、後日集まったんです、女子だけで。全部で七人かな。話を聞いた直後から、ドン引きだったんですけど、何日か経って女子だけで会ったら、みんなかなり本気で怒ってて……小さな劇団ですからね、みんないろんな思いをしながらやってるわけですよ。好きな男がいても、和を乱しちゃいけないから黙ってようみたいな。で、わたし以外の六人は、みんな劇団員の誰かを好きで、その相手をユアさんに食い散らかされていたわけです……」

綾音も例外ではないだろう。彼女が好きだったのは、黒田だ。

「だからもう、どうやってとっちめてやろうかって、みんなで眼を吊りあげて作戦会議ですよ。それで何日か後に、ユアさんを稽古場に呼びだしました。女子だけで、ワークショップやりましょうって。台本なしで役だけ決めて、即興で演技する練習みたいなものです。『じゃあまずユアさんから、この役お願いします』ってわたしはプリント渡しました。『サークルクラッシャー＝サークルの男全員とエッチしているやりまん。女子全員に吊しあげられ、自己批判する』。ユアさん、青ざめましたよ。全部バレたんだって気づいて、言い訳しようとしました。でもわたしたちは許さなかった。吊しあげるサークルのメンバー役って態度を崩さないで、ユアさんに詰め寄りました。『どうして誰とでも見境なくセックスするんですか？』って冷たい表情で口々に言って、ユアさんが黙りこむと『芝居してくださいよ、ワークショップになりませんから』って唇を尖らせる。ユアさんがもごもごなにか言うと、『最低ですね』『そんなにセックスが好きなの？』『淫乱なんですか？』『それとも肉便器？』とか、ひどいことを寄ってたかって言いまくって、ユアさん逃げようとしたんですけど、七対一で囲まれてますから逃げられません……」

綾音の頬は赤くなり、息がはずみだしていた。

「なんて言うか……ユアさん以外の人だったら、わたしたちもたぶん途中でやめたと思うんです。馬鹿馬鹿しくなって……でも、ユアさん美人じゃないですか、美人をいじめると気持ちいいんですよ。ユアさんもまた、オーバーアクションで過剰におどおどするから、こっちもどこまでもサディスティックになれるっていうか……どんどんヒートアップしていって、『反省してるなら、裸になって謝ってください』って言ったんです……わたしが言ったんですけど……」

唇を、噛みしめた。

「ユアさん、脱ぎました。わたしたちの輪の真ん中で、ひとりだけおっぱいも下の毛も全部出して、『ごめんなさい、ごめんなさい』って……それでもわたしたちは許しませんでした。『どうやって誘惑したのか、ひとりずつ説明してみなさい』って、十三人分全部言わせて……もちろん罵倒しながら……ユアさんが泣き崩れそうになると、みんなで抱き起こして、わたしは……わたしは、彼女の顔に唾を吐きました。そうしたら、みんなも真似して……次々……それで誰かが『そんなに欲求不満ならオナニーすれば』って……さすがにそれはやりすぎかなって思いました……わたしだけじゃなくて、みんな思ったと思うんですけど、もうとめられないんですよ、そうなっちゃうと……ユアさん、やりましたよ。椅子の上で脚ひろげて……なんていうか、変に真面目なんですよね、あの人。涙ボロボロこぼしてるのに、まなじりを決してやるわけです。おかげでわたしたちもやめどころがわからなくなっちゃった。『イクまで許さないからね』って誰かが言って、ユアさんが泣きながらよがると、みんなで指差してゲラゲラ笑って……」

美久はテーブルにあったグラスをとり、水を飲んだ。一気に飲み干して、冷めたコーヒーも全部飲んだ。

戦慄の震えがとまらなかった。あまりにむごたらしいやり方だった。綾音もそれがわかっているから、つらそうに眉根を寄せてしゃべっている。後悔が伝わってくる。そうしなければならなかった経緯も、わからないではない。しかし、それにしても……。

「それで……ユアさんは、劇団をやめたのね？」

綾音は小さくうなずいた。

「やめたっていうか、いられませんよ、もう……誰もあの人に連絡しなくなって、あの人も連絡してきませんでしたから。男子には、そうやってあの人を追いだすって話を、先にしてあったし。ユアさんだけを追いだして、あとはみんな残るってことで了解済みだったから……もちろん、裸で謝らせてオナニーさせたとか、そういうことまでは言ってませんけど……」

4

美久は渋谷から新宿まで山手線で移動した。

黒田に会うためだ。

昨日の話の続きを聞くためだったが、それは綾音の話の続きでもあった。ひどい形で劇団を追いだされたユアがその後どうなったのか、どうしても知りたかった。

美久には綾音たち劇団員の女が、鬼に思えた。ワークショップなどと言っていたが、リンチではないか。精神的なリンチだ。

話を聞きながら、ユアが自分に重なってしようがなかった。

美久にしても、まかり間違えば、大学時代に精神的なリンチに遭っていてもおかしくなかった。当時は無視されることがこたえた。これ以上むごい仕打ちはないと思った。口をきいてくれないくらいなら罵倒されたほうがましだと言いたかったし、彼ら彼女らの無視によって、自分はずいぶん人間性を歪められてしまった気がしていた。

しかし、ユアが受けた仕打ちを聞いたいま、考えをあらためざるを得ない。

昨日まで仲間だと思っていた人間に取り囲まれ、怒りに眼を剝いて罵倒されるところを想像すると、想像しただけなのにもかかわらず、胸が搔き乱されて平常心ではいられなかった。冷や汗がとまらず、口の中がカラカラに乾き、呼吸さえうまくできなくなった。「やりまん」とか「淫乱」とか、ましてや「肉便器」などと面と向かって言われたら……。

知らない人ならともかく、仲間に言われたらもうダメだ。挙げ句の果てには、裸になって謝らされ、顔に唾を吐きかけられ、強制自慰……もはやそこまでいくと、想像することすらおぞましいものがある。精神が崩壊し、一生立ち直れないほどのトラウマを魂に刻みこまれてしまうかもしれない。

ユアが心配だった。

もしかすると……綾音もそうなのではないだろうかと思った。

いや、きっとそうだ。

ユアを心配しているからこそ、仲間内だけで厳重に守るべき秘密を、美久に打ち明けてくれたのだ。ひどい仕打ちをしてしまったと、心を痛めているのだ。

そうでなければ、劇団とはまったく無関係な自分に、あそこまで赤裸々な話をしてきた意味がわからない。

言葉に出して言われたわけではないけれど、美久は託されたような気がした。ユアさんに伝えてください——綾音の心の声が聞こえるようだった。わたしは合わせる顔がないけど、悪いことしたと思ってるって……。

新宿四丁目のホテルに着いた。

黒田に会う前に、電話をしておく場所があった。ユアの実家だ。綾音が連絡先を教えてくれた。北海道の苫小牧《とまこまい》らしい。

「はいはい、もしもし……」

長いコールのすえに出たのは、掠れた声の女だった。母親だろう。

「わたし、神谷というものですけれど……ユアさんの友達で……」

連絡先をとりたい旨を伝えると、

「さあねえ。こっちにもさあ、もう何年も連絡がないのよ……」

ぞんざいだが、まるで心配をしていないような口調で言われ、美久は電話を切った。美久の出身は九州の熊本だが、自分の母親も同じことを言いそうだった。

あまり期待はしていなかったが、これで実家の線も消えた。

いったいどこにいるのだろう？

傷ついた魂を抱えて、ユアは……。

ホテルのフロントには、昨日と同じ初老の男がいた。四〇四号室と、美久は黒田の部屋番号を告げた。初老の男が内線電話をかける。しかし、電話が繋がらないようで、かけ直しては首をかしげている。

「おかしいなあ。鍵は受けとってないから、部屋にいるはずなんだけどねえ」

美久を見て、前歯のない口で笑う。

「たぶん、お風呂かトイレでしょう。電話は枕元にあるから、寝てても起きるはずですから。ちょっと待ってみたらどうです？」

そのホテルにはまともなロビーがなく、フロントの前に安っぽいベンチが置かれているだけだった。美久はそこに座って待った。初老の男は、五分おきに内線電話をかけてくれた。しかし、三回かけても出ない。

嫌な予感がした。

「すいませんけど、一緒に上に行って鍵を開けてもらえませんか？」

美久はたまらず言った。

「あの人、心臓に持病があるんです。もしかしたら、その発作で……」

「本当かね？」

初老の男は訝しげに眉をひそめたが、そう言われれば鍵を開けるしかない。

美久に嘘をついた罪悪感はなかった。頭の中には、心臓発作で倒れている黒田より、もっと悲惨な想像図が浮かんでいた。のんびり半身浴でもしていてくれることを祈った。ホテル代を踏み倒すために裏口からこっそり逃げてしまったのなら、それでもいい。

エレベーターで四階にあがり、四〇四号室の鍵を開けてもらった。

一歩部屋に入った途端、胸に黒いものがひろがっていった。ユニットバスの扉が開いているのが見えたからだ。おまけに、部屋中に饐《す》えた臭いが充満している。息をとめて、足を前に運んだ。ユニットバスの中をのぞきこむと、紙のように真っ白い顔をした黒田が、便器の前に座っていた。すぐ後ろにあるバスタブにもたれて……。服は着ている。皺くちゃの白いワイシャツと黒いズボン……。

「黒田さん……」

声が上ずった。

「ねえ、黒田さん、大丈夫？」

大丈夫ではないかもしれないと思いながら、バスルームに足を踏み入れ、肩を揺すった。ピクンと片眉が動いた。生きている。

「ちょっと黒田さんっ！　黒田さんっ！」

甲高い声をあげて激しく肩を揺さぶると、

「……なんだ？」

黒田が眼を凝らして睨んできた。

「なんでおまえが、ここにいる？」

「大丈夫なんですか？」

「ああん？」

黒田はぼんやりとあたりを見渡した。ユニットバスで眠ってしまったことを覚えていないらしい。白いワイシャツの胸元が、黄色く汚れていた。便器や床も汚れている。嘔吐した跡だ。

「あんたが持ってきてくれた酒、うまかったよ」

虚ろな眼つきで言われ、美久は部屋を見やった。ロイヤルハウスホールドのボトルが二本、床に転がっていた。たった一日で、二本とも飲んでしまったらしい。

四〇五号室のソファに、美久は座っていた。

フロントの男に部屋の清掃を頼むと、「いま掃除する人間がいないから、隣の部屋を使ってください」と通された。

黒田はシャワーを浴びている。とりあえず、首を吊ったり、湯船で溺れ死んだりしていなかっただけ、よかったと思うしかない。

美久は深呼吸をして気持ちを落ち着けながら、頭の中を整理した。

綾音に会って聞いた話を、するべきか否か……。

劇団員の女たちにサークルクラッシャーとして制裁を受け、心に大きな傷を負ったユアは、その後、どういう経緯で風俗の世界に足を踏み入れることになったのだろう？　黒田とは、すぐに切れたのか……。

黒田がシャワー室から出てきた。ホテル備えつけの薄っぺらいバスローブを着て、頭からバスタオルを被っている。どういうわけか、ひどく苛立っているようだ。

「悪いが買い物を頼まれてくれないか？」

濡れた髪をバスタオルで拭いながら言った。

「風呂あがりに、穿き古した下着を着けるのが嫌でね。コンビニのでいいから買ってきてくれ」

美久は言葉を返さなかった。わたしはあなたの助手ではありませんという顔で睨みつけた。百歩譲って買ってくるのはかまわないが、先に話をしてからだ。

美久が黙っていると、黒田はわざとらしく大げさな溜息をつき、

「お駄賃に抱いてやるぞ」

下卑た笑いを浮かべた。

「俺にやられたのが、よっぽどよかったんだろう？　だからこうやって、しつこく訪ねてくる。やってやるよ。首絞めながらイカせまくってやるから、とりあえず下着を買ってきてくれ」

こみあげてくる怒りを、美久は必死に抑えた。冷静でいなければならない。

美久がなにも言わないので、黒田はふて腐れた顔で冷蔵庫を開け、缶ビールを取りだした。まだ飲むのかと美久は呆れた。この男が酔う前に話を進めなければならないと腹を括った。

「ユアさん、もう死んでるかもしれませんね？」

わざと刺激的な言い方をした。

黒田が眼を向けてくる。なにを言いだすんだとばかりに眉をひそめる。

「彼女がどうやって劇団から追いだされたか、知ってますか？」

黒田は首を横に振った。

美久は、いま綾音から聞いたばかりの話をぶつけてやった。黒田にショックを与えるためだったので、誇張したってよかった。しかし、綾音から聞いた話は誇張などせずとも充分に衝撃的だった。

黒田は事の詳細を知らなかったらしい。美久が言葉を継ぐほどに表情が険しくなっていき、話しおえるころにはほとんど青ざめていた。

「……ちょっと待ってくれ」

小声でそれだけ言うと、こちらに来て向かいの席に腰をおろした。手にしたビールを口に運ぶこともできないまま、しばらくの間、放心状態に陥っていた。

5

昨日はどこまで話したんだっけ、と黒田は視線をさまよわせた。記憶を辿っているようだった。

公演が終わったところまでか、『ポゼッション』の……。

あの芝居に関して……俺は俺なりに出来には満足してた。本音を言えば、もっと評価されると思ってたけどね。俺が甘かったんだが、口コミに期待しすぎたんだよ。金を使ってでも有名どころの批評家を招待しておくべきだった。わけのわからない演劇おたくに腐されるレベルのものじゃないんだ、あの作品は……。とくにユアは、メジャーから客演の声がかかってもおかしくなかったはずなのに……。

しかし、終わった途端に、俺は芝居どころじゃなくなっちまってね。女房との関係が、当時はもう絶望的な状況だった。離婚についての話しあいをしなくちゃならなかったんだが、公演直前になんてさすがに無理だろう？　電話がかかってきても無視してたら、一日に五十回とか百回とか着信履歴が残っててな。こっちもこっちなんだが、向こうも完全に頭がイカレてた。

会社じゃ専務が全員の辞表を集めて、「社長が性根を入れ替えてくれないなら、みんなで出ていきます」なんて言ってきやがって……とてもユアのことまでフォローできなかったんだよ。

毎晩毎晩、どうでもいいような話しあいばかりで地獄のようだったな。こっちの腹はとっくに決まってたんだ。女房には家もやるし、慰謝料も養育費も言い値で払ってやると言ったんだ。会社のほうは、俺はやめて、残った連中に全部まかせる。それしかないってわかってるんだよ、誰も彼も。

なのに、俺がさっさと話を終わらせようとすると、「あんまりだ」って女房はヒステリーを起こす。「いままで一緒に過ごしてきた時間はなんなんですか」とな。会社の連中も似たようなもんだ。要するに、身ぐるみ剝ぐだけじゃ気がすまなくて、反省してみせろってわけだ。俺をがっくり落ちこませたかったわけだよ、馬鹿馬鹿しい。

面倒くさいから最終的にはそういう芝居もしてやったがね、腹の中じゃ大笑いだった。家族だろうが、会社だろうが、束になってかかってきても、ユアひとりの魅力に勝てなかったんだからな。俺はこれっぽっちも敗北感なんか覚えなかった。ただ、疲れてしまったがね。疲れきってしまった。

家や会社と揉めてるときは、ユアともあまり会わなかったしな。それまで半同棲みたいなことしてたくせに、ホテル暮らしをしてた。敗北感なんか全然なくても、やっぱり神経がささくれ立っていたからね。そういう状態で女に接するのはよくないじゃないか。とくにユアは、きちんと向きあうにはすごくエネルギーがいる女だったから……。

公演が終わってから二週間くらい経ってたかな、いちおういろんなことが片付く目処《めど》が立ったんで、久しぶりに中目黒のマンションに行ったんだ。平日の昼間だった。よく晴れた空の青い日でね。ユアはエプロン姿で料理をしてた。マカロニグラタンとか、ずいぶん凝ったもんが出てきてな。あきらかに様子がおかしかった。普段は白い飯に鰹節《かつおぶし》かけて食べてるような女なんだよ、あいつは。鮭缶《さけかん》でもあると、「今日のディナーは豪華です」なんて真顔で言うような。

なんかあったのかって訊いたら、スプーン持ったまま泣きだしてね。劇団をやめたと。まあ、なにがあったのか一瞬で想像がついたよな。みんなと寝てたのがバレたんだろうって。

しかしまさか、綾音たちがそこまでしたとは思わなかった。えげつない女だとは思っていたが、他の女まで同調して……。

ユアが劇団をやめたことに対しては、俺はべつにショックなんか受けなかったよ。劇団トーイなんて、どうでもよかったからな。ユアひとりいれば、次の公演が打てると……笑っちまうが、その時点でもまだ俺は、ユアと芝居を続けるつもりだったんだ。裸一貫どころか、慰謝料とか養育費とか借金も膨大にあるっていうのに……。

　俺は泣きじゃくるユアをなだめて、外に出たんだ。おんぼろロードスターでしばらく走ってたんだが、ユアは落ちこんでてひと言も口をきかないし、なんかもういろいろ面倒くさくなって、そのまま旅に出ることにした。

　熱海まで行って、伊豆半島をずっと南下して、最終的に辿りついたのが雲見ってところだった。スキューバや釣りで有名な場所らしくて、海が綺麗なんだ。観光地化されてないから静かでね。入り江のところに猫の額くらいの小さな旅館街があって、もちろん温泉も出る。

　そこに十日間くらいいたかなあ、もっとかもしれない……感覚としては、三カ月くらいいた気がするけどね。とにかくセックスばかりしてた。寝ても覚めてもセックス、セックス、セックス……。

　若いころでも、あんなに延々とやりつづけたことはない。ユアとは相性がよかったけど、それだけじゃ延々とやりつづけることはできない。新しい刺激がないと……あいつはやっぱり、劇団を追いだされたことが相当ショックだったみたいで、精神の平衡を崩してた。イキそうになると、首を絞めてくれって言うんだ。殺してくれって頼んでくるんだよ。わたしみたいな女は生きててもしょうがないって、みんなに迷惑かけて申し訳ないって……。

俺は絞めてやったよ。指でこう、ぐっと……。

　ユアの気持ちに寄り添ったからじゃない。首を絞めるとオマンコも締まって気持ちいいってことに気づいたからだ。劇団の連中にかけた迷惑なんて、本当にどうでもよかった。綾音あたりが顔を真っ赤にしてユアを責めたんだろうけど、まあ、あんな女はユアの芸の肥やしみたいなもんだ。

ユアはもともとイキやすいくせに、イクことに罪悪感をもってるような女だったからね。首絞めセックスに嵌まったよ。文字通り、イキッぱなしになった。女のオルガスムスって濃淡があるじゃないか。ユアはこってり濃厚なんだ。体中の反り返せるところは全部反り返して、釣りあげたばかりの魚みたいにビクンビクン跳ねる。

繋がってる女が痙攣してて、さらにガンガン突きまくるのは、男にとってはたまらないんだよ。本当に頭の中が真っ白になる。

もちろん、本気じゃ絞めなかったよ。あんたも絞めてやったけど、あのときよりずっと弱い力だった。正常位で、両手で首をつかんで……あんたには後ろからだったろ？　首に腕を巻きつけて。最初はあんなこともしなかったんだ。

ユアが物足りないって言うから、どんどんエスカレートしていったんだよ。もっともっとと求められて、俺ものめりこんでいったんだ。

ただ、俺はユアのことを愛してたからな。加減がわからなくなって殺しちまうようなことは絶対に避けたかったし、首を絞められて苦しんでいるあいつの顔を見続けるのもつらかったんだ。

そうしたらユアは、

「じゃあ、誰の首なら絞められますか？」

なんて言いだして……。

俺はそのとき、ふと悪魔的なアイデアが閃いた。別れた女房のね、真似をさせようと思ったんだ。一度は愛した女だし、生涯の伴侶だと誓いあった女でもある。でも、離婚のゴタゴタで憎しみも芽生えていた。

もちろん、悪いのはこっちだよ。外に女をつくって家に帰らなくなったわけだから。しかしねえ……別れるとなると、鬼になるのが女って生き物だな。不本意ながら、死ねばいい、と何度も心の中で舌打ちしたよ。

そのアイデアを話すと、ユアは乗ってきた。彼女は女房に会ったこともなければ、見たこともなかったが、俺のスマホには女房の動画が入ってた。女房を撮影することなんて滅多にないんだが、二年くらい前だったかな、夏休みにやつの実家に帰省したときのことさ。

名古屋までクルマで行ったんだが、その帰り道、俺はベロンベロンに酔っ払っててクルマの中でもしこたま飲んでるし、ガキどもはギャーギャー大騒ぎだし、ひとりで黙々と運転してた女房が、サービスエリアのフードコートでついにキレたんだ。

こっちとすりゃあ、たまの休みにカミさん孝行してるつもりだったから、びっくりしたよ。なにしろ向こうの実家に行ったんだからね。なのに、いつまで経ってもぶんむくれるのをやめないから、俺は面白がってスマホで動画を撮影したんだ。まあ、酔ってたしね。

「なに怒ってんだよ」なんて指でツンツンしたり、「いい大人がいつまでもふて腐れてるんじゃないよ」なんて言いながら、手をつけてないスパゲティをフォークで巻いて口に運んでやったりな。その後ろじゃ、ガキどもが相変わらずギャーギャー大騒ぎだ。女房が真っ青になって頬をピクピクさせてるから、なんかもう本当に面白くなってきちゃって、アップで撮影すると、「撮らないで！」って眼を三角にさせて怒るんだから、ホントもう漫画みたいだったな……。

その動画を、ユアに見せたんだ。彼女の演技は完璧だった。女房の……そのときはもう元女房だが、嫌なところを完璧にコピーして、俺の前で演じてみせた。俺は異様に興奮して、チンポ突っこんで首絞めたよ。憎しみっていうのはやっぱり、愛情の裏返しなんだと思った。憎むこともできない女じゃ、抱く気もしないんだよ。

ユアの首を絞めながらいろんな光景が脳裏をよぎっていった。恋愛時代の元女房とかね。

男に可愛く甘えられるタイプじゃないんだ、彼女は。それが俺のツボだった。本当は甘えたいのに、つい気丈に振る舞ってしまって、あとから自己嫌悪で落ちこむっていうね。理知的なんだけど、理知的な自分を好きじゃない。だから、セックスですごい発散するんだ。溜めこんでいたものを全部吐きだすようなセックスをする。

悪くなかった。彼女と一生歩んでいくのも、それはそれで……。

しかし、残っているのはいい思い出ばかりじゃないからな。むしろ悪い思い出、憎悪の記憶のほうが生々しい。こっちは罪を認めてとっくにバンザイしてるのに、しつこく謝罪を求めてくる。謝り方に誠意が足りないと交渉を延ばす。おまえは何様なんだと思ったな。たったひとつ傷を負わされただけで、神や仏になった気でいやがる。殺してやりたかったよ。犯しながら殺してやりたかった。それはもしかすると、男にとって究極のセックスかもしれないと思った。愛して、憎んで、犯しながら殺す……。

ただ、首を絞めるとオマンコが締まるのはいいんだが、綺麗なユアの顔が充血しすぎて、白眼を剝きそうになるのが嫌でね。わざわざホームセンターまでクルマ飛ばして、包丁を買ってきたんだ。それをユアの顔の前でチラつかせながら、腰を使った。けっこういい値段の柳刃包丁だったから、よく切れそうで見ているだけでもゾッとするようなやつな。

見てみるかい？　俺はあいつがいなくなってからも、こいつだけはどうにも捨てられなくてね。セックスしながらこれをユアの顔に近づけていくと、あいつの顔は恐怖にひきつってたな。首を絞めるより、俺としてはそっちのほうがよっぽどよかった。美人っていうのは、恐怖に怯えている顔がいちばん綺麗に見えるんだよ。

演じれば演じるほど、ユアは元女房に似ていった。見た目は全然違うんだぜ。顔立ちから身長から体つきまでまるっきり別人だし、そもそもユアのほうがひとまわりも年下だ。なのに、元女房そのものに見えてくる。『ポゼッション』の芝居なんて軽く超えて、本当に元女房が憑依してるみたいだった。

一日に三回も四回もやってるのに、俺はまだ勃起した。出しても出しても、鋼鉄みたいに硬くなった。おかしくなってたのかもしれない。おかしくなっても、いっこうにかまわなかった。俺はそのとき、桃源郷にいたんだ。

ただ……。

問題がひとつあった。

ユアは傷ついていたんだ。元女房を演じ、何度も何度もイキまくりながら、深く傷ついていた。

だってそうだろう？　ユアはユアのまま、抱かれたかったはずだ。自分自身として、俺に刃物を向けられたかったはずだ。できることなら、それで刺してほしいと……綾音たちに囲まれて粛清された話を聞いて、確信したよ。あいつは自分を責めるあまり、死に取り憑《つ》かれていたんだ。

俺は気づいてやれなかった。セックスに淫するあまり、現実のユアと向きあうことを忘れてたってわけだ。本当に悪いことをしたよ……。

ある朝、眼を覚ますといなくなってた。俺は半狂乱になって捜したよ。自殺したんじゃないかって……。俺たちがいたのは伊豆半島の先っぽだ。飛びおりる崖なんていくらでもある。元女房を演じてイキまくりながら、ユアは死に魅せられていたようだったからね。自殺というのが異様にリアルに感じられて、本当に怖かったよ。

一週間捜したけど見つからず、東京に帰ってきた俺はほとんど廃人だった。ユアが死んでしまって、海の藻屑《もくず》になったとばかり思いこんでいたからな。人生で、これほど深い後悔の念に駆られたことはない。

一カ月かそれ以上か、俺は幽霊になったように都内のホテルを転々としていたよ。ユアが死んでしまったのなら、後を追ったほうがいいんじゃないかって、そればかり考えてた。自分の背中にあれほどべったり死が密着している感覚というのを、俺は経験したことがない。

だが、生きてた……。

風俗嬢でもなんでも、とにかくユアは生きてたんだ……。

6

話をしている黒田の眼つきをうかがうほどに、美久の背筋には戦慄の悪寒が這いあがっていった。部屋はヒーターが利きすぎるくらい利いていて、しゃべっている黒田は額に汗を浮かべているにもかかわらず、寒くてしようがなかった。

黒田の眼つきから伝わってくるものが、狂気に彩られた殺意ばかりだったからである。

黒田はユアを殺そうとしている……。

それはもはや、予感でも直感でもなく、確信に近かった。黒田が話の途中で柳刃包丁を取りだしたときは、心臓が縮みあがった。すぐにバッグにしまったが、そのギラギラした白刃の残像は、美久の脳裏に居座りつづけた。

「ユアさんが……」

震える声を絞りだした。黒田の放つ殺気が恐ろしく、なにか言わなければ座っていることすらも難しかった。

「風俗で働いているってわかったのは、どうして……」

「綾音だよ」

黒田は鼻で笑った。

「あいつがご丁寧に教えてよこしたのさ。俺を落ちこませるというか、ユアを軽蔑するように仕向けるつもりだったんだろうが、小躍りして喜んだね。死んだと思っていた最愛の女が、生きてたんだからな……しかし、綾音が教えてくれた店に行くと、ユアはすでにやめてた。東京中の風俗店のホームページを虱潰しにあたってみると、〈パンドラ〉って店で写真が見つかった。しかし、やはりそこもやめていた。執念で、鶯谷の〈スプラッシュ〉のホームページに辿りついた。やってきたのはあんただったがね。手荒なことしちまって申し訳なかったが、勘弁してくれ。そういう事情があったんだ」

「ユアさんに会って、どうしようと思ってるんですか？」

「どうしよう……ただ会いたいだけさ」

「本当に？」

「会ったら抱く。当たり前だ」

「それだけですか？　まさか……」

黒田は質問を打ちきるように立ちあがった。ふらふらとトイレに向かっていったが、途中で引き返してきて、柳刃包丁の入ったバッグを手にした。意味ありげな笑みを浮かべてから、バッグごとトイレに入っていった。

美久はもう、それ以上その場にいることに耐えられなかった。

「失礼します！」と声をかけ、部屋を飛びだした。黒田はなにも、トイレで柳刃包丁を使うつもりではないだろう。それを美久に奪われることを警戒したのだ。ユアを殺し、自分も殺すための道具を、無防備に放置しておけなかったのだ。

ホテルを出ると、美久は走った。何度も振り返りながら、なるべくホテルから遠ざかろうとした。黒田が追いかけてくる気配はなかった。それでも念のため細い道を何度か曲がってから、スマートフォンを取りだした。

榊木に電話をかけた。

出ない。

なぜこんなときに出てくれないのだろうと苛立ちながら、もう一度かけた。やはり出ない。

「神谷です。至急お電話ください」

留守番電話に吹きこみ、メールでも連絡を乞う。再び歩きだす。夕暮れ間近の新宿の街は薄紫色に染まり、酒場の看板に灯りがともりはじめている。行き交うサラリーマンやOLから伝わってくるのは、一日の仕事を終えた解放感であり、アフターファイブを充実させるためのエネルギーだ。

彼ら彼女らが放つ微熱を避けるように、美久は人影がない方向を目指した。どんどん早足になっていった。目的地があるわけではなく、そうせずにいられなかったからだ。

黒田をこのまま野放しにしておいたら危ないと思った。

その話ぶりは外連味《けれんみ》たっぷりで、すべてを鵜呑《うの》みにするわけにはいかないかもしれない。それでも、彼の殺意だけは偽物ではなかった。たとえ話の内容が全部嘘でも、黒田がユアを殺したいという欲望に取り憑かれていることは間違いなかった。

黒田の後悔は、ユアを殺せなかった後悔なのだ。愛しているなら殺せたはずだと、自分を恥じている。彼女に対する殺意の不在が、彼女を逃がした理由であると考え、今度こそ愛を成就させるためにユアを捜して……。

榊木に電話をかけた。

まだ出ない。

いったいなにをやっているのか。こちらが電話に出ないと怒るくせに、この肝心なときにあの男は……。

めちゃくちゃに歩いているうちに大通りに出た。一瞬、手をあげてタクシーを停め、警視庁に乗りこんでやろうかと思った。必死になって自分を抑えた。落ち着かなければならなかった。警視庁に乗りこみ、榊木がいればいい。いなかったらどうするのか？　いまの話を、榊木の同僚にしてみるのか？

まともにとりあってもらえる自信がなかった。

胡散《うさん》くさい黒田の話に、それでも美久がリアリティを感じたのは、曲がりなりにも一度、あの男に抱かれたことがあるからだった。

セックスは嘘をつかない。元風俗嬢の美久でさえ経験したことのないめくるめく快感を、黒田は味わわせてくれた。死をもてあそぶようなやり方だった。それでいて、オルガスムスはどこまでも痛烈だった。ただ痛めつけられただけではなく、きっちりと天国に送ってもらった。

あの経験があるからこそ、美久は黒田の話をうっちゃっておけないのだ。ユアともあんなふうにしていたに違いないと、生々しく想像できてしまうのだ。さびれた温泉旅館の一室で、朝から晩まで肉欲に溺れ、死をもてあそんでいたのだ。

同じ理屈が榊木にも通じる。

ＥＤの榊木は性器の結合ができないけれど、それ以外のありとあらゆるやり方で、美久の性感を刺激してきた。恐るべき執念で数えきれないほどイカされて、最後にはいつも失神させられている。そう、失神だ。勃起しない榊木は、女の意識を一時的に奪うことで性的な満足感を得ているのだ。

それもある意味、死をもてあそんでいると言えないだろうか。

だからこそ、榊木に黒田の話を伝えたかった。あの男なら、わかってくれる気がした。他の人間にはいかがわしい妄想にしか聞こえない話でも、少なくとも榊木なら、まともにとりあってくれるはずなのである。

しかし、電話に出てもらえなくてはどうしようもない。

どうすればいいだろう？

自力でユアを捜しだせる方法が、まだ残っているだろうか？

黒田が見つけられないのだから、黒田に繋がっている人物にあたっても無駄だろう。それ以外になにがあるだろうか？　ユアの実家関係、黒田に囲われる前のアルバイト先、酒場やカフェなど好んでいた立ちまわり先……すべて黒田があたっている気がした。

それ以外になにかないだろうか？

黒田が知らないのは、ユアが風俗嬢になってからこっちである。風俗の世界で、彼女はなにをしていたのか？

「……森島」

美久は思わずつぶやいた。黒田は森島の存在を知らないはずだった。黒田のもとを離れてから、ユアに恋人がいたことすら知らないのではないか。美久が知っているのは、道玄坂〈パンドラ〉の店員がたまたま昔同じ店で働いていたことがあるからだった。それゆえにユアが森島と付き合っていたことや、森島が店を馘になった顛末や、現住所を教えてもらうことができたのである。

美久は手をあげてタクシーを拾い、「三宿」と行き先を告げた。

森島にもう一度あたってみようと思った。この前は、失恋に落ちこんでいる彼の姿があまりに痛々しく、それほど突っこんだ話はできなかったけれど、もうそんな悠長なことを言っていられない。

ユアはどんな風俗嬢だったのか？「壊れた女」と言っていたが、なぜそんなふうに思うのか？　別れ際は具体的にどんな感じだったのか？　訊きたいことは山のようにある。

考えてみれば、あのゴミ溜めのような部屋の壁に貼ってあったチラシが、美久を劇団トーイへと導いてくれたのである。森島が貼ったのかユアが貼ったのかはわからないけれど、『ポゼッション』のチラシだった。ユアにとって、黒田との共同作業でもっとも手応えを感じた作品のはずだし、むごたらしい形で追いだされてしまった劇団トーイで、最後に踏んだ舞台でもある。

なんとなく、ユアが貼った気がした。

どこかの店で、公演がとっくに終わっているのにまだ置いてあるチラシを発見し、懐かしくなってつい持ち帰り、同棲中の彼氏の部屋に貼った――そのいじましい姿が眼に浮かぶ。

三カ月前、自分はたしかにこの舞台に立っていた。たった三カ月前のことなのに、遠い昔のようだと思いながら……。

美久はなんとなく、ユアは劇団の仲間を恨んでいない気がした。追いだされ方はむごたらしくても、悪いのは自分なのだと思ってしまうのがユアなのではないだろうか。よく言えば性根がやさしく、悪く言えば自己評価が極端に低い。

風俗嬢には、その手のタイプが少なくない。自己評価が低いゆえに、射精というある意味とてもわかりやすい満足度のバロメーターを必要とする。客を満足させることで、自分のような人間にも居場所があると思うことができる。おかげで、嵌まってしまって抜けだせなくなるのだが……。

知りたいことは、他にもまだある。

夏の終わりの伊豆の海で、美久が会ったユアは、黒田のもとから逃れてきた直後だったはずだ。美久が滞在していた貸別荘は、雲見からすぐなのだ。つまり、愛する男の手で殺されることを望み、いつまでも殺されないことに絶望していた。あのときの無邪気な笑顔を思いだすと、とてもそんな修羅場をくぐってきたようには思えない。しかし、この世に対する一切合切の未練を失くしていたからこそ、あんなふうに笑えたのかもしれない。

そして東京に戻ったユアは風俗嬢となり、森島と恋に落ちた。いったいそこでなにがあったのか……。

7

タクシーが三宿に着いた。

移動しているうちに、夜の帳《とばり》が完全におりていた。夜闇を背負っていると、森島の住む古いアパートの存在感はかなり不気味だった。

もう一度榊木に電話をしてみたが、やはり出ない。とりあえず、森島に会うしかないらしい。なにか差し入れを買ってくればよかったと思ったけれど、わざわざ店を探しにいく気にはなれなかった。

アパートの扉を開け、玄関でスニーカーを脱いだ。森島の部屋は二〇八号室。黒光りしている階段がやたらに軋むのも、狭い廊下が荷物で塞がれていて体を横にしないと歩けないのも、一度来ているので知っていた。

ただ、奥に行くほど気配が異様になっていくのには、慣れようがなかった。空気が澱んでいるだけではなく、妖気のようなものを感じる。自分は霊感がないほうだと思っている美久でさえそうなのだから、その手のものに敏感な人なら足を踏み入れることさえ躊躇しそうな雰囲気が、このアパートにはたしかにあった。

　二〇八号室の扉の向こうからは、テレビの音が聞こえてきた。

　前回と一緒だった。

　しかし、ノックをしても反応がないのは、前回と違った。五回、六回としつこく叩いても、まだ顔を出してくれない。

　ダメ元で、ノブをまわしてみた。鍵はかかっていない。深呼吸をしてから、そっと扉を開けていく。部屋の中をのぞきこむと、森島は在室していた。ベッドに座ってぼんやりしていた。扉を開けるとき、自殺していたらどうしようという思いが一瞬脳裏をよぎったが無駄な心配に終わってよかった。

「失礼します」

　美久は声をかけ、部屋に入っていった。ゴミだらけで足の踏み場がないのも、壁中にポスターやチラシが貼られているのも、以前来たときと変わりがなかった。ユアの顔をフィーチャーした『ポゼッション』のチラシもまだ貼ってある。

「また、あんたか？」

　森島が静かに言う。声がカサカサに乾いている。眼つきが虚ろで、顔からごっそり表情が抜けおちてしまっているかのようである。

「何度もノックしたんですけど……ごめんなさい……」

　美久は頭をさげた。

「ユアの話か？」

　美久はうなずいた。

「不躾なのはわかってます。別れた恋人のことをあれこれ訊かれるなんて、誰だって嫌ですよね。でも……でも、その……」

　覚悟を決めて、切りこんでいくしかない。

「早く居場所を突きとめないと、ユアさんの身が危ないの。黒田さんって男、知ってますか？」

　森島の表情は変わらない。言葉も返ってこない。

「たぶん、あなたの前にユアさんと付き合ってた人だと思うんですけど、彼がちょっと……なんて言ったらいいんだろう……思いこみが強すぎる人みたいで、ユアさんのことを……ユアさんに危害を加えようとしてるっていうか……」

　森島はまだノーリアクションのままだ。

「ねえ、お願いします。ユアさんの居場所に心当たりがあるなら、教えてください。いくら別れたって、ユアさんがおかしな事件に巻きこまれたりしたら嫌でしょう？」

重苦しくなった空気の中、テレビからアニメの声だけが流れている。キンキンと甲高い声が耳障りで、スイッチを消したい衝動がこみあげてくる。

「……その男」

森島が上ずった声で言った。

「ユアを殺そうとしているんだろう？」

美久は曖昧に首をかしげた。

「殺そうとしているんだよ。俺にはわかる。だって、ユアは殺されたがっているんだ……ああ、そうだ。殺されたがってるんだよ……」

美久は言葉を返せなかった。

「俺は最初、けっこう軽い気持ちでユアを口説いたんだ。店の女の子に手を出したことなんてないんだけどね、なにしろ美人だから、ダメ元のつもりでさ……そうしたら、真顔で『わたしのこと殺してくれますか？』なんて言うから驚いたよ。もちろん、本気だとは思わなかった。それくらい強く愛してほしいっていうか……まあ、大げさに言ってるんだろうと高を括っていたんだ。俺が安請け合いすると、ユアは誘いに乗ってきた。俺は夢見心地になったよ。美人なうえに抱き心地も最高だったからな。あんなに激しく乱れる女と、俺は付き合ったことがなかった。でも……」

森島の顔がにわかに暗くなった。

「やりながら、首を絞めてくれと言うんだ。最初は、すげえ興奮したよ。あんな綺麗な顔してドMなんて、興奮するに決まってるじゃないか。でも彼女は、限度を知らない。絞めても絞めても、もっともっと、だ。これ以上やったら死んでしまうってところまでいっても、まだ絞めてくれって言う。それがダメなら刃物を持ってくれと言う……俺はだんだん怖くなってきたよ。ユアを殺してしまいそうなことが怖かったわけじゃない。そうじゃなくて、ユアを殺したくなっている自分が怖くなってきたんだ……気持ちよさそうなんだよ……殺した瞬間、途轍もない、自分を見失ってしまうくらいの快楽が訪れる気がして……」

言葉を切るたびに、森島は笑った。顔のパーツというパーツが別々に痙攣するような、前にも見た病的な笑いだ。見ていると、気持ちが悪くなってくる。人間としゃべっているのではなく、プログラムが壊れてしまったアンドロイドとか、そういうものと相対しているような錯覚に陥る。

「おかしいだろう？　愛する女を殺そうとしてるのに……ククククッ……俺は気持ちよさそうとか、すげえ快楽かもしれないとか、そんなことばっかり考えちゃうんだよ……クククッ……ククク ッ……人としてどうかしてる……ああ、どうかしてる……ククク ッ……クククッ……なあっ！」

突然、森島がベッドから飛びおりて、美久に迫ってきた。美久は驚いて後退《あとずさ》った。といっても、ゴミだらけで足の踏み場もない部屋だ。転びそうになりながら、壁際まで逃げた。

森島が迫ってくる。眼つきが完全におかしくなっている。焦点が合っていない。なにも見えていない節穴のようであり、にもかかわらず黒い瞳の奥で燻《くすぶ》っているものがある。

「どう思う？」

首を直角近くにまで曲げて、美久の顔を下からのぞきこんできた。

「セックスしながら女を殺したら、気持ちいいかなあ？」

美久は壁を背負ったまま、言葉を返せない。

「殺されるほうはどうなのかなあ……あれだけ殺されたがってたってことは、ユアも気持ちいいと思ったのかなあ……セックスしながら殺されたら、気持ちいいだろうって……」

森島から漂ってくる狂気の匂いで、美久は息もできなかった。こわばった顔で視線だけを動かし、逃げ道を探した。玄関までは一メートルもないが、その間にゴミ袋や雑誌が山のようにある。飛び越えても、着地したところに雑誌があれば、足をすべらせて転んでしまうかもしれない。靴を履いていないからよけいに危ない。

「なあ、どう思うんだよ？」

森島が手を伸ばしてきたので、

「やめて！」

美久はその手を払った。

森島の表情が険しくなる。瞳の中に燻っていたものが、炎となって燃え盛りはじめる。

「試してやろうか？　気持ちいいかどうか……あんたで……」

もう一度、森島の手が伸びてきた。形相も手の動きも、今度は本気だった。荒ぶる殺意を感じた。美久は手を払いながら、体をかわして逃げた。ゴミの山を飛び越えると、予想通りに転んで尻餅《しりもち》をついた。

「待てこらっ！」

森島が怒声をあげて追いかけてくる。待つわけにはいかなかった。本能が緊急事態を知らせるサイレンを鳴らしていた。近くにあったものを手当たり次第に森島に投げつけ、這いつくばって転がるように廊下に向かう。部屋を出る寸前に振り返ると、

「ふざけんじゃねえぞ……」

森島が台所にあった包丁を手にしたのが見えた。正気を失った眼で、こちらに向かってきた。美久は悲鳴をあげて部屋を飛びだした。

「助けてっ！　誰かっ……」

住人の荷物で狭くなった廊下を走りながら絶叫した。悲鳴が廊下中に響きわたっているの

に、どの部屋の扉も開くことがなく、死んだように動かないままだ。

「待てよ……待てっていってるだろう……」

森島が追ってくる。美久はあたりにあるものを片っ端から倒しながら進んだ。それでも森島は、ものともせずに近づいてくる――。

第五章　闇に蠢く

1

お金と同じで、セックスにも色がついている。

いいセックスと悪いセックス……。

よくないセックスをしようとしている罪悪感が、美久の胸で疼いていた。嫌なことを忘れるためだったり、淋しさを誤魔化すために、後先考えず男の胸に飛びこんでしまうのは、よくない。もてあました欲望を処理するため、風俗店を利用する男より始末に負えない。

それならば、ナンパされた男にお持ち帰りされるほうがずっといい。一期《いちご》一会《いちえ》のワンナイトスタンド――快楽が欲しいならそうすればいいのだ。快楽以外のものを期待して体を預けているから、これはよくないセックスなのだ……。

自覚があっても、美久にはもう、ベッドから逃げだす気力がなかった。矢崎の指が、胸のふくらみをすくいあげてきた。慈しむように、やわやわと揉んだ。相変わらず、甘いタッチだった。揉まれるほどに頬が熱くなり、息がはずんでいく。まだ触られてもいない乳首が、いやらしいくらいに尖っているのが恥ずかしい。舐められればどこまでも硬くなって、蠟燭《ろうそく》の炎のように熱くなっていく。声をこらえている唇に、キスが与えられる。舌を舌でからめとられながら、乳首をいじられる。さらには下半身に手指が這ってきて、太腿を撫でまわす。

自分から脚を開いてしまいそうになり、美久はあわてて太腿を合わせた。矢崎は焦らない。深いキスを続けながら、いつまでも太腿を撫でている。ようやく手指が草むらに辿りついても、そこからが長い。繊毛を梳《す》いてはつまみ、つまんでは梳き、けれどもなかなか肝心な部分に指をすべらせてこない。

今日ばかりは、そんなやり方が恨めしかった。

矢崎に抱かれるのは、三年ぶりということになる。この三年間、彼は美久を待っているというスタンスを一度も崩したことがない。会えばかならず、やり直さないかともちかけられた。言葉にしないときも、眼つきで訴えてきた。ならばもっと荒々しく、この身を翻弄してくればいいではないか。待たされた間に溜まりに溜まったパッションを、勃起しきった男根に乗り移らせ、したたかに貫いてくればいいではないか。

めちゃくちゃにしてほしかった。骨が軋むほど抱きしめられ、体が浮きあがるほど突きあげてほしかった。

そうされればきっと、なにも考えずに快楽だけに没頭することができる。矢崎の甘すぎる愛撫は、美久に快楽以外のことを考えさせる。この男は本当に、自分のことを愛しているのだと思わずにはいられない。どこまでもソフトな慈しむような愛撫は、手練手管であって手練手管ではない。美久の体を磨いてくる。汚れや曇りを丁寧に拭いさって、本音を引きずりだそうとする。本音というか本性というか素の自分というか、そういうものをさらけだしあい、ぶつけあうことを、矢崎は恐れていない。

むしろ望んでいる。それを愛と呼ぶのだと、矢崎は訴えている。美久もそう思う。素肌を舌が這いまわるほどに、愛されている実感が全身に染みこんでくる。しかし自分には、愛される資格などないと思う。

ふたりの間にはナナセの冷たい死が横たわっている。それを飛びこえていくべきなのかどうか、この三年間、ずっと悩み、考えていた。にもかかわらず、考え抜いた結論として矢崎に抱かれているのではなく、悲しさや淋しさや心細さや、そういったネガティブな感情を埋めあわせるために、その胸に飛びこんだのである。

最低な女だった。

だから、最低な扱いをしてほしい。

そんなに大切そうに扱わないでほしい。

口づけをしながら、うっとりした眼で見つめないでほしい。

「あああっ！」

矢崎の指先がついに敏感な肉芽をとらえ、美久はのけぞって声をあげた。さらにその下をいじられると、猫がミルクを舐めるような音がたった。直接触れられる前から、盛大に濡れていた。矢崎は美久の脚をほんの少し開いただけだったので、指が動くたびにまっすぐに伸びた両脚に力がこもった。指の動きはとても微弱なのに、ふくらはぎが攣《つ》りそうなほど力をこめて、貪欲に快楽を味わおうとした。花びらの縁をやさしくなぞられているだけで、気が遠くなりそうなほど気持ちよかった。蜜でヌメッた指が再びクリトリスをとらえると、我慢できなくなって自分で両脚をM字にひろげた。

恥ずかしかった。それを誤魔化すために、矢崎の股間に手を伸ばした。硬く隆起した肉の棒を乱暴にしごきたてた。矢崎は動じなかった。どこまでもやさしいタッチで美久の花をなぞりたてながら、乳首を吸ってきた。

美久は喜悦に歪んだ悲鳴をあげ、激しく身をよじった。自分は誤魔化してばかりいる、と思った。淋しさを誤魔化し、恥ずかしさを誤魔化し、素直になれないまま、肉の悦びに逃げこもうとしている。

矢崎が中に入ってきた。正常位で結合してくるや、すぐに上体を起こされて、対面騎乗位に移行した。美久は矢崎の首に両手をまわし、淫らに腰を振りたてた。

「好きっ……好きっ……」

浅ましいほど息をはずませながら、正気ではとても言えない狂おしい感情を、言葉にして投げつける。

「好きなのっ……ねえ、好きなのおっ……」

それもまた、ひどい誤魔化しだった。男根を咥えこまされて半狂乱になっているという体を装って、せつない本音を吐露していた。汗まみれの乳房を揺らし、両脚をひろげて腰を振りつつ、陶酔の彼方へと飛翔していく。

美久が好きだと言うたびに、矢崎は眼を見てうなずいてくれた。その視線に、身も心も焦がされる。いっそこのまま燃え尽きてしまいたいと思う。誤魔化しに誤魔化しを重ねた、嘘にまみれたセックスでも、いま味わっている幸福感や快感は、偽物ではない気がする。

しかし、快楽が高まっていけばいくほど、後ろめたさもまた、やりきれないくらいこみあげてくるのだった。いくら気持ちよくても眼を閉じて快感を嚙みしめることができないのは、眼を閉じれば瞼の裏にナナセの顔が浮かんでくるからだった。ふたりの間に横たわっている冷たい死を、思いだしてしまうからだった。

本当は……。

矢崎はちっとも悪くない。それはよくわかっていた。ナナセを非情に突き放し、自殺のきっかけをつくったのは矢崎だったが、彼は彼なりの筋を通しただけなのだから……。

美久が許せないのは自分だった。

ナナセの自殺を知ったとき、ほんの一瞬、安堵してしまった自分がどうしても許せない。もちろん、ひどく混乱していた中でのことなので、そればかりが本心だとは思いたくないけれど、自分と矢崎の間に生きているナナセがいるより、死んだナナセがいるほうが楽だと思った。生きているナナセを押しのけて矢崎を求めることは、自分にはできない。だが、死んでしまったのなら、避けて通ることができるかもしれない……。

愚かさの極みだった。

生きている人間を押しのけるより、死んだ人間を避けて通ることのほうがずっと難しいことを、美久は知らなかったのだ。一方のナナセは知っていた。美久と矢崎の間に永久に立ちふさがってやるという強い意志をもって、マンションの屋上から飛びおりた。

ずるいのはナナセだった。

そう言い放ってしまいたい誘惑に、この三年間、どれだけかられたことだろう。矢崎はおそらく、受けとめてくれる。いや、矢崎こそ最初から、あてつけがましく自死を選んだ女に対し、そういう姿勢を崩していない。

しかし、美久は言えなかった。

すべてをナナセの責任にしてしまえば、それはそれでなにかを失ってしまう気がした。具体的に、なにを失うのかはわからない。ただ、ナナセのことをきっぱり忘れ、矢崎と楽しく笑いあっている自分を想像すると、言いようのないほどの気持ち悪さを覚えてしまうのだった。

2

数時間前――。

美久は三宿にある老朽化したアパートの階段を転がるようにおりていき、靴も履かずに玄関を飛びだした。人通りがあった。詰め襟を着た高校生に、スーツ姿のサラリーマン。近所の主婦が井戸端会議もしていた。

「助けてっ！　助けてくださいっ！」

髪を振り乱して叫ぶ美久に、誰もが最初、キョトンとした眼を向けてきた。しかし、包丁を手にした森島が後を追ってくると、一様に血相を変えた。高校生とサラリーマンが森島を押さえてくれ、近所の主婦が一一〇番に通報してくれた。どこからともなくわらわらと野次馬が現れ、現場が騒然とする中、やがてパトカーがやってきて、森島は逮捕された。事情聴取のため、美久も警察署に連れていかれた。

ユアを捜している理由を適当に言いつくろいながら、森島の部屋を訪ねたことを説明するのは骨の折れる作業だった。

ようやく解放されたのが午後十時で、美久は呆然としながら明治通りを恵比寿に向かって歩きだした。疲れていたので満員電車に乗りたくなかった。かといってすぐにタクシーに乗るのも嫌で、歩くのも面倒だった。足元がふらついていた。体中の肉がコンクリートになってしまったように重かった。おまけに震えていた。なんとか道の端まで寄っていき、ガードレールにもたれかかった。

歩くのをやめた途端、体の震えが激しくなり、自分の体を抱きしめなければならなかった。頭は混乱し、心はストレスに押しつぶされそうだった。楽しいことを考えようと思った。自宅に帰って、本を読みながらのんびり半身浴がしたかった。しかし、電車で二駅の距離が、地球の裏側のように遠く感じられる。食事をして体を温めれば、少しは元気が出るかもしれない。だが、ひとりで料理屋に入りたくない。料理屋を求めて、人混みに揉まれるのはもっと嫌だ……。

スマートフォンを取りだした。榊木からの着信はなかった。かけても出ないので、スマホを地面に叩きつけそうになった。

包丁を手に追いかけてきた森島の顔を思いだす。

本気の殺意が浮かんでいた。最初に会ったときから、情緒が不安定な男だった。それでもいきなり襲いかかられたり、刃物を持って追いかけまわされるとは思わなかった。アパートを飛びだしたとき、もし通行人が誰もいなかったらと思うとゾッとする。たぶん、殺されていた。包丁の刃が皮膚を裂き、大量の血しぶきがあがって、いまごろ冷たくなっていた……。

「大丈夫か？」

自分を抱きかかえて震えていた美久は、声をかけられて顔をあげた。

スーツ姿の矢崎が、心配そうに顔をのぞきこんでくる。

「……偶然？」

驚きながら訊ねると、矢崎は曖昧に首をかしげ、

「送っていく」

と美久の手をつかんだ。大通りから一本入ったコインパーキングに、ＢＭＷが停まっていた。助手席に押しこまれた。矢崎は料金を精算すると、無言のままクルマを発車させた。

美久の手の甲には、矢崎の手のぬくもりが残っていた。どういうわけか、目頭が熱くなってきた。感情がコントロールできなくなっていると自覚しつつも、涙があふれ出るのをとめられない。嗚咽《おえつ》をもらしても、矢崎は横顔を向けたまま黙ってクルマを運転している。やさしさだけが伝わってくる。

なぜ矢崎があの場所にあのタイミングで現れたのか、気になった。午後十時と言えば、風俗店がもっとも忙しい時間である。普通なら、街をふらふらしているわけがない。

しかし、美久の口から言葉はなにも出ていかない。難しいことは、もうなにも考えたくなかった。手の甲に残った矢崎の手のぬくもりだけを、追いかけていたい。半身浴よりも、温かい食事よりも、そのぬくもりは美久の心を落ち着かせてくれた。手だけでこれだけ落ち着くのだから、抱きしめられたら嫌な気分など吹っ飛んでしまうだろうと思った。その誘惑を振り払えるほど強い女だったら、どれだけよかっただろう。

クルマは目黒を目指して明治通りを直進していて、すぐに着いてしまいそうだった。

「うちには……帰りたくない」

美久が言うと、

「んっ？」

矢崎が眉をひそめた。

「どこに行きたいんだ？　顔色悪いから、家に帰って休んだほうがいいぜ」

「わたしは……」

美久は声に怒気を含ませて言った。

「帰りたくない……って言ってるのよ……」

矢崎の眼が、一瞬こちらに向いた。感情の揺れは感じられなかった。前方に渋谷橋が見えた。目黒に向かうなら右折だが、矢崎は直進した。まっすぐ行けば、広尾だ。三年前から引っ越していないなら、矢崎が住んでいる低層階の高級マンションがある。

まったく、どこまでやさしい男なのだろう……。

美久はむしろ、なにもかも受け入れてくれる矢崎の態度に、苛立ちを覚えてしまった。嫌なことを忘れるより、淋しさを誤魔化すより、苛立ちをぶつけたいがために、その夜、彼に抱かれたのかもしれなかった。


朝、自分のベッドではないところで眼を覚ますと、あわてるものだ。

見慣れない天井を見上げて、美久ももちろんあわてたが、次の瞬間、深い絶望感にかられて両手で顔を覆った。

やっちまった、と胸底でつぶやく。この三年間、頑なに拒んでいたものを受け入れてしまった。いやむしろ、自分のほうから誘って、こういうことになってしまったと言っていい。体のあちこちに、矢崎の指や唇や舌の感触が残っていた。体を起こそうとすると布団の中にこもっていた獣じみた臭いが鼻先で揺らぎ、動くのが嫌になった。

隣に矢崎はいなかった。

広々とした寝室の中央、やけにふかふかと柔らかいキングサイズのベッドに、美久はひとりで寝ていた。窓には白いレースのカーテンが引かれ、その向こうで緑が朝日を浴びて揺れている。都心にありながら、リゾートマンションを彷彿とさせる贅沢な雰囲気である。

矢崎はいま、おそらくキッチンで朝食をつくっている。恋人時代、美久が泊まったときは、いつもそうしてくれた。バターをたっぷり使ったオムレツ、ヨーグルトスムージー、フレッシュマッシュルームのサラダ……。食事をするリビングもまた、窓から緑が望め、小鳥のさえずりが聞こえていたりして、とても贅沢な空間だ。

憂鬱になってくる。

どういう顔をして矢崎に会えばいいか、気持ちが固まらなかった。ゆうべのあれこれを思いだすと、顔から火が出そうなる。できることなら窓から逃げだしてしまいたかったけれど、最低でも礼を言う必要だけはある気がした。

もし……。

昨日の夜、ガードレールにもたれたままずっとひとりぼっちだったら、心が折れていたかもしれない。ユアを捜しているうちに溜まりに溜まっていたストレスが、正気を失った森島に追いかけまわされたことで、一気に押し寄せてきた感じだった。矢崎が現れてくれたおかげで、かろうじて道端で叫び声をあげたり、その場で倒れて救急車を呼ばれなくてすんだのだ。

「ありがとう……おかげで助かりました……」

布団の中で、口に出して練習した。そんなつもりはないのに、口調が妙によそよそしくなってしまう。しかし、それでいい。いっそキレ気味のほうがいいかもしれない。親和的な笑顔を浮かべて礼を言えば、恋愛が再開されてしまうかもしれない。それは保留したい。三年ぶりに味わった甘いセックスの余韻に浸りながらも、美久はまだ、そこまでの決心はついていないのだった。

気力を振り絞って、ベッドから抜けだした。

ベッドサイドのローテーブルに、ビニール袋に包まれた赤いものが見えた。中身を確認すると、溜息がもれた。いつかこの部屋に忘れていったランジェリーを、矢崎がクリーニングに出して保管しておいてくれたのだ。

風俗嬢時代に着けていたものだから、セクシーさばかりアピールする大胆なランジェリーだった。ブラジャーはハーフカップで胸の谷間を強調しているし、ショーツはTバックで前の食いこみもきわどい。

上に飾り気のないシャツとデニムを着ても、下着が豪華すぎてなんだか落ち着かなかった。どんな下着を着けているのか、矢崎に知られていることも恥ずかしい。

しかし、気にしていてもしようがない。深呼吸をして平静を装った表情をつくり、寝室を出た。長い廊下を抜けてリビングに足を踏み入れると、矢崎は窓際で電話をしていた。テーブルに朝食の用意はされていなかった。軽く失望したが、そんな自分をすぐに恥じた。

美久に気づいた矢崎は、電話を切りあげてスマートフォンをポケットに入れた。

「いまコーヒーを淹れる」

微笑を浮かべてキッチンに入っていく。

「たまにはわたしがごはんをつくりましょうか」

美久はつい、言ってしまった。矢崎の顔を見た瞬間、布団の中で練習してきた台詞は飛んでいた。もちろん、キレ気味の態度なんて無理だった。

「こう見えても、けっこう料理は好きなのよ。最近やってないから、あんまり自信ないけど」

「たまにはって……」

矢崎が苦笑する。

「俺は美久の手料理なんて食べたことないぜ。ただの一度も」

「そう？」

美久はとぼけて首をかしげた。料理が好きなのは嘘ではないが、風俗嬢になってからやめてしまったのだ。大学時代のアパートを出るとき、自炊道具も捨ててしまった。しばらくの間、誰かに料理をつくりたいなどと思わないだろうと……。

「食べてみたいな、美久の手料理……」

矢崎はコーヒーメーカーに豆を入れながら言った。

「しかし、残念だが、この部屋には食材がなにもないんだ。いまはほとんど料理をしてないからな。失敗したよ。久しぶりに人間らしい生活ができるチャンスだったのに……セックスして、抱きあって眠って、朝飯つくって、一緒に食べて……」

ミルが豆を砕くにぎやかな音が、矢崎の声を遮った。音がとまるまで、お互いに口をきかなかった。

「お料理、してないんだ？」

沈黙が苦しくて、美久はからかうように言った。

「得意だった記憶があるけど。男子ですが料理が趣味です、みたいな」

「つくりたい相手が泊まりに来てくれないからね」

「セックスも？」

「愛のあるやつはな」

負けそうだ、と美久は胸底でつぶやいた。この男はどうして、そういう恥ずかしい台詞を平気で口にできるのだろう。こちらが笑いださない空気を、つくりだすことができるのだろう。

湯気のたつコーヒーカップがソファの前のローテーブルに運ばれ、美久と矢崎は肩を並べて腰をおろした。目の前の庭にはやはり小鳥が集まっていて、耳障りなほどさえずっている。

「ユアってなんなんだ？」

矢崎があらたまった口調で言った。

美久は虚を突かれ、コーヒーカップに伸ばしかけた手をとめた。

「さすがに気になって、俺もいろいろ調べてみたんだ。見つかれば、そっちも喜ぶだろうと思ってね。トラブルを抱えていない女なら、すぐに見つかるだろうって自信もあったから……まあ、ちょっといいところを見せてやろうって思ったんだよ。しかし、見つからない。うちの〈スプラッシュ〉に面接に来て以降の足取りが、どうしてもつかめない」

「……やくざに頼んだの？」

美久は眉をひそめて訊ねた。

矢崎は質問には答えず続けた。

「昨日、警察署の前で会ったのは、偶然じゃない。実は俺も、森島に会いにいったんだ。ユアについて訊こうと思ってね。ところが、アパートの前はパトカーと人だかりで大変な騒ぎになってた。男が包丁片手に女を追いまわしてたって聞いて、ピンときたよ。だから、署の前で待ってたんだ」

「あなたでも……見つけられないんだ……」

美久は深い溜息をついた。

どれだけ本気を出して捜したのかはわからないが、裏社会の調査能力は、ある意味、警察より強力らしい。なにしろ、法律を守らなくていい。警察が相手ならとぼけられる人間も、やくざに凄まれればそうはいかない。ネットワークはごく小さな非合法店にまで及び、素性を隠して稼ごうとしても簡単に見つかってしまうという。

ユアはなにも、追っ手を振りきろうしている逃亡者ではなかった。にもかかわらず、そこまでしても見つからない。これはつまり、最悪の事態も考えられるということではないだろうか。どこかで事故に巻きこまれたとか……。

いや。

そもそもユアは、死にたがっているのだ。自殺ではないやり方で……。ユアは死に魅せられている。それは間違いない。黒田に首を絞められながらオルガスムスに導かれた美久には、それがよく理解できる。あんなことを部屋にこもって毎日繰り返していたら、きっと死ぬことなど怖くなくなる。一線を越えてみたいという誘惑に、抗えなくなる。

ユアが風俗で働きはじめた目的が、セックスしながら自分を殺してくれる男を探すことだとしたら、もうすでに死んでいるのでは……。

とはいえ、風俗店の個室やラブホテルで殺されれば、すぐに発見されるはずだった。たとえ身元不明でも、警視庁の捜査一課にはユアを捜している男がいる。ユアらしき女が死んでいるのに、榊木が見逃すはずがない。もちろん、美久に知らせていないということも考えられるが……。

やはり、榊木をつかまえないことには、どうにもならないようだ。

「ちょっとごめん」

美久は立ちあがり、寝室に戻った。バッグからスマートフォンを取りだしたが、榊木からの着信はなかった。

「なあ……」

矢崎が寝室の入口に立っていた。

「なにがあったのか、全部話してくれないか。少しでも手がかりが増えれば、ユアを見つけだすことができるかもしれない」

美久はにわかに言葉を返すことができなかった。

さすがに迷ってしまう。

ユアを見つけたところで、矢崎にはなにもメリットはないのだ。やくざに頼めば大金がかかるだろうし、本職の極道ではない矢崎が、組織に借りをつくるのはいいことではないはずだ。貸しをつくっておいて何倍もの見返りを要求するのが、やくざという生き物だからである。報酬もなく、頼むことはできない。

だが、ユアを捜しだしてほしいという欲望を、美久は抑えることができなかった。ユアに会いたかった。生きているユアに……。

「もし……」

美久は挑むように矢崎を見た。

「ユアのことを見つけてくれたら、あなたのもとに戻ってもいい……」

矢崎の顔がこわばった。

「この部屋に引っ越してきて、手料理でもなんでもつくってあげる。だから……」

報酬は自分――尊大だが、それくらいしかアイデアを思いつかなかった。

3

矢崎にクルマで送ってもらって、目黒の自宅マンションに戻った。

時刻は正午を過ぎていた。朝からなにも食べていなかったので鬱陶しいほどお腹が鳴っている。矢崎に食事に誘われたが断った。一刻も早く、ユアを捜す行動に移ってほしかったからだ。

シャワーを浴びて着替えたら、すぐに食事に出ようと思いながら扉を開けた美久は、全身を凍りつかせた。

榊木がいた。

窓辺に立って、なにかをむしゃむしゃ食べている。デリバリーのピザがテーブルに載っていた。

「どうやって入ったんですか？」

怒りに声が震えてしまう。

「大家に頼んだ。捜査に協力してほしいとな」

「捜査？　なんの捜査ですか？」

「昨日、引っぱられたんだろう？」

「わたしは被害者ですよ。もう少しで殺されるところだったんですから……」

榊木は無視して、窓の下を見やった。

「男の趣味が悪くて感心するね」

この部屋の窓からは下の道路が見える。美久がいま誰に送ってもらったのか、榊木は見ていたのだ。

「あの男、風俗王のあんちゃんだろう？　やり手だって評判だよ。ただし堅気《かたぎ》じゃないぞ。暴力団の資金源ってやつだ」

「前に働いてた店の経営者です！」

美久は声を尖らせ、

「それより、どうして電話に出てくれなかったんですか？　ユアは……ユアは見つかりました？」

榊木は窓の外に両手を出し、ピザの粉を払った。

「まだ見つかってない」

美久はほんの少しだけ安堵した。死体も見つかっていないということだ。

「わたしなりに調べて、いろいろわかりました。聞いてもらえますか？」

もちろん、という表情で榊木はうなずいた。そのとき、美久のお腹が盛大に鳴り、それが榊木の耳にも届いてしまったようだった。

「半分残しておいたぜ」

苦笑まじりにテーブルのピザを指差され、

「けっこうです！」

美久は榊木を睨みつけて話を始めた。ついさっき、矢崎に同じ話をしたばかりなので、要点はまとまっていた。

榊木に伝えるべき、重要なポイントはふたつある。ひとつは、黒田とユアが死に魅せられたセックスをしていたという黒田の証言、そして、黒田がユアを殺そうとしているという美久自身の確信である。

「なるほど」

榊木は顔色を変えずにうなずいた。

「その黒田という男は、たしかにやばそうだ」

あまりにすんなり受けいれられ、美久は逆に不安になってしまった。

「本当にそう思います？」

「思うよ」

「どうして？」

「いま自分の口で説明した通りだよ。おかしな女だな」

榊木が苦笑し、美久も釣られて苦笑した。しかし、どうにも気持ちが悪い。たしかに、榊木なら自分の意見に理解を示してくれるのではないかと期待していた。とはいえ、小さな物的証拠を積みあげていくような現実的かつ論理的な意見とは言えないのも、また事実なのである。

いまの榊木の態度は、理解しているのではなく、ただ投げやりになっているように見えた。もしかするとユアに対して興味を失っているのではないかと思え、自説を熱っぽく話せば話すほど、自分が空まわりしているのを感じてしまった。

「ユアを守ってくれますよね」

すがるような眼を榊木に向けた。

「黒田さんは、ユアを見つけ次第、殺そうとすると思います。このまま野放しにしていたらまずいです。捕まえてください」

「それは……難しいかもしれないな」

榊木は長い溜息をつくように言った。

「どうしてですか？　森島さんと同じですよ。黒田さんは、ある意味森島さん以上に、正気を失っています」

「警察っていうのは、事件が起こらなきゃ動けないんだよ。もちろん、しかるべき根拠のある危機なら話は別だが、セックスしすぎて死に魅せられているっていう理由じゃなぁ」

「でも……でも、このままじゃユアは……」

美久が声を詰まらせると、

「なにが悪い」

榊木はゾッとするほど冷たい表情で言い放った。

「ユアは死にたがってるんだろう？　キミの推理じゃそういうことになっていた。快楽の極みで死にたがってる――俺もそう思うよ。だったら、そうさせてやればいいじゃないか。それをとめる権利は、誰にもない」

「そんな……」

美久は唇を嚙みしめた。血が出るくらい強く嚙んだ。たしかにそうかもしれないが、死にたがっているのだから死ねばいい、とはどうしても思えなかった。その理屈には、どこかに重大な落とし穴がある気がする。

「まあ、そうは言っても、人間、なかなか死ねるものじゃない。逆も言える。人間、そう簡単に人を殺せるものじゃないよ。たとえ女に殺してくれって哀願されてもな……」

「……ひどくないですか？」

美久は憮然とした。

「わたしにユアを捜せっていったのは、榊木さんじゃないですか」

「捜しだしていれば、保護もできたんだが……」

とぼけた顔で笑う。

「ユアはどうなるんです？」

さすがに頭にきた。

「だいたい、榊木さんはどうしてユアを捜していたんですか？　それくらい教えてください。このまま放置されたら、わたし……」

榊木が無視して椅子から立ちあがったので、美久もベッドから立ちあがった。食いさがろうとすると、乱暴に腕をつかまれた。

「さっきの風俗王な……」

耳元で言われた。

「人を殺してるぞ。あんまり深く関わらないほうがいい」

美久は肩を押され、榊木の足元にしゃがまされた。榊木は手早くベルトをはずし、ズボンとブリーフをさげて、ちんまりと下を向いたペニスをさらけだした。

「しゃぶってくれよ」

美久は嚙みつきそうな表情で、榊木を見上げた。榊木は薄く笑っている。決して勃たない彼のペニスを、間近で見るのは初めてだった。人の性器はしつこいくらい舐めてくるくせに、榊木は自分の性器をさらしたことがない。いつだってブリーフの中に隠したままだった。

「たまにはいいじゃないか。いつも俺が舐めてやってるんだ」

どこか哀しげに、榊木は言った。

美久はしかたなく、力なく下を向いたものを口に含んだ。舌を使って舐めた。勃つ可能性が少しでもあるなら、いくら求められても平気だった。口の中で男のものが大きくなっていく過程に、むしろ興奮するタチだった。この男を興奮させているという、自信や満足感を味わえるからだ。

しかし、榊木のものはどんなに頑張っても勃起することはないだろう。そもそも榊木の目的は快楽ではなく、美久に屈辱を与えたいだけなのだ。おまえのような女では勃たないと、体を使って見せつけることで、へこませたいのだ。

つらかった。

この男はどうして、自分をとことん虐げてこようとするのだろう？　おそらく、榊木の異常な加虐性を、自分のなにかが刺激しているのだ。しかし、そのなにかがわからない。美久はマゾヒストではない。虐げられて興奮などしないし、榊木以外のサディストに見込まれた経験もないのである。

4

三日が経った。

待つしかない時間というのは経つのが遅く、神経がすり減らされる。ルーティンワークをこなしていても、頭の片隅からユアが離れることはなく、気がつけば風俗系のホームページで彼女の姿を捜している。

ユアに会いたかった。

会ったところで、なにを話していいかわからない。ここまで深入りしてしまった以上、無邪気に再会を喜ぶことはできないだろう。自分の暗部を暴かれてしまったことに、ユアは怒りだしてしまうかもしれない。

それでも会いたかった。

生きているユアに……。

『人を殺してるぞ……』

榊木の忠告は、気にしないことにした。

さすがに嘘だろうと思った。榊木は刑事なので、裏社会の人間を忌み嫌っているのだ。風俗の世界から足を洗ったのなら、そういう人間とは付き合うなと言いたいだけだ。

人殺しは嘘でも、矢崎は実際、法律すれすれで金を稼いでおり、反社会的な存在であることは間違いなく、やくざとだって付き合いがある。しかしそれを、美久には糾弾《きゅうだん》することができなかった。榊木が捜すのを放棄したユアを、矢崎はやくざのネットワークを使って捜してくれている。

夜になって、矢崎から電話が入った。

「ユアが見つかった」

美久の心臓はにわかに早鐘を打ちはじめた。会いたいと願いながらも、どこかでそれは無理かもしれないと諦めていたところもあった。

「生きてるのよね？」

「たぶん……」

「たぶんってなによ。怖いじゃない」

「詳しいことは、そっちに行ってから話すよ。三十分で行くから、出られるようにしておいてくれ」

矢崎は言い、電話を切った。

これからユアに会えるかもしれない……歓喜だけではない胸騒ぎを覚えながら、美久は乱暴に部屋着を脱ぎ捨てた。時刻は午後十時三十分。十一時には矢崎が迎えにくる。シャワーを浴びる時間はない。

シンプルなシャツにパンツという、いつもの格好に着替えようとしてやめた。クローゼットの奥から、もうずっと袖を通していないベージュのワンピースを取りだし、姿見の前で合わせた。ワードローブの中でいちばんシックな、一張羅《いっちょうら》のようなものだった。

再会するユアの前に、いい加減な格好で現れたくなかった。急いで化粧もした。ちょうど口紅を塗り終わったタイミングで、呼び鈴が鳴った。

「話はクルマの中だ」

矢崎にうながされ、コートを羽織って部屋を出た。久しぶりに履いたハイヒールが、小気味よい足音を鳴らしている。エレベーターで地下駐車場におり、停めてあったＢＭＷに乗りこんだ。

「行き先は？」

「上野」

「ラブホ……何年も前に潰れて、営業してないラブホテルだ。そこに監禁されているらしい」

「どこにいるのよ？」

「監禁？」

美久は声をひっくり返した。顔から血の気が引いていく。

「どうしてユアが監禁なんて……」

矢崎は答えてくれない。

「相手はやくざ？」

「ガラをさらったのはそうらしい。だからこっちの網にも引っかかった」

ハンドルを握る矢崎の顔が険しくなってくる。

「首謀者は違うようだが……」

間があった。

やくざに監禁——いったいなにがあったのだろう？　いきなり話がきな臭くなってきた。美久が調べている限り、ユアのまわりにそんな気配はまったくなかった。闇金に手を出して追いこまれているのか、あるいはユアを金の成る木と思いこんだ連中が囲いこもうとしているのか……どちらにしてもリアリティを感じられない。

「首謀者って、まさか黒田じゃ……」

矢崎は苦笑まじりに首を振った。

「やくざを使って女を監禁するなんて、堅気の人間にできることじゃない。よっぽどの利権を握ってるか、抜き差しならない個人的な関係でもないと……」

「じゃあ誰が首謀者なの？」

美久は矢崎の横顔を穴が空くほど見つめている。

「サツだ」

「……嘘でしょ」

「よくある話さ、極道とサツがつるんでるのなんて」

矢崎は吐き捨てるように言った。

「極道が生きにくい世の中だからな。サツに貸しがつくれるなら、風俗嬢をひとりさらうくらいのことをやる人間はいくらでもいる」

「……捜査一課の榊木？」

間があった。今度は長かった。

「名前まではわからないが、肩書きは合っている」

美久は大きく息を呑んだ。榊木が動いてくれたのだ。警察としては捜査できないから、やくざを使って……。

「ねえ、矢崎さん、言葉遣いがちょっと違わない？　監禁じゃなくて、助けたっていうか身柄を確保したっていうか、そういう感じじゃないの？」

「そうかもしれない。ただ、俺に流れてきた情報じゃ、監禁ってことになってる。場所が潰れたラブホだしな」

「榊木さんって、わたしにユアのことを教えてくれた人よ。わたしの調べたことも全部教えたし、ユアのことを助けたんじゃ……」

「だから、そうかもしれないって言ってるじゃないか。俺としても、ぜひそうあってほしいが……そうじゃない可能性もある」

「そうじゃないって？」

矢崎は答えなかった。深夜の首都高速は空いていた。矢崎はアクセルを踏みこみ、ＢＭＷを加速させていく。美久が知っている中で、矢崎は断トツに運転がうまい。どんなにスピードをあげても、たとえコーナーでタイヤをすべらせるようなことをしても、決してクルマのコントロールを失わない。助手席に乗っていて、怖いと思ったことは一度もない。

しかし、きっとこういう人が高速でクルマを大破させるような事故を起こすのだろうな、といつも思っていた。ドライビングテクニックに自信がない人間は必要以上にスピードを出さないし、助手席の人間が怖がってばかりいれば、自分の下手さを受け入れて注意深く運転する。

そういう人間のほうが、大事故を回避する可能性は高い気がした。一寸先が闇であるのが現実で、いつ想定外のことが起こるかわからないからだ。たとえば、突然大地震が起きて高速道路が揺れたとする。時速百キロでドリフトしている矢崎と、後続車を苛立たせるほどのろのろ走っている運転手と、どちらが生き延びる可能性が高いかは、火を見るよりもあきらかだ。

5

目的地に着いた。

「この道の右側にあるホテルだ。ガン見するなよ」

人影のない裏通りに入ると、矢崎はクルマを減速させた。古いビルばかりが建ち並んだ中に、ひときわ老朽化した建物があった。灯の消えた看板に〈HOTEL　アンセム〉という文字が確認できた。

矢崎はクルマを停めず、ホテルの前を通りすぎた。入口の前で、眼つきの悪い男がひとり、煙草を吸っていた。すぐ近くに路駐されている、黒いワンボックスカーの存在が不気味だった。スモークフィルムで隠された車内に、もっと眼つきの悪い男が待機していそうだった。

矢崎は裏通りから大通りに出て、コインパーキングにBMWを停めた。

JR上野駅から北東に位置するあたりだろうか。美久はそれほど上野に詳しくなく、アメ横くらいしか印象にない。物売りと人波が混じりあったような、アジア的喧噪を感じる巨大マーケットだ。しかしそこは、混雑や喧噪とはまるで無縁の、驚くほど殺伐としたところだった。

頭上に高速道路が走り、店の灯りもまばらで、とにかく夜の闇が墨を流しこんだように黒い。歩いている人間はほとんど見当たらず、道幅の広い道路を、巨大なダンプカーが砂埃《すなぼこり》をたてて激しく往来している。都会でこれほど多くの大型車が走っているのを、美久は初めて見た気がした。

矢崎はエンジンを切っても、すぐにドアを開けなかった。黙したまま、フロントガラスの向こうにある黒い夜をじっと見つめている。

「ここはちょうど、ラブホの真裏だな。そのブロック塀の向こうが、ラブホのビルだから……」

声に迷いがあった。

「ここで待ってるか？」

「えっ……」

「見ただろ？　ラブホの正面には、チンピラがいた。おそらくひとりじゃない」

「話しあいは通用しないの？」

「すると思うが、万一ってこともある」

「……嫌よ」

美久は泣き笑いのような顔で首を振った。

「こんなところでひとりで待たされるのは、勘弁してほしい……」

実際、怖かった。幽霊が出そうというより、犯罪の匂いがするのだ。風俗嬢時代、ナナセとバンコクに遊びにいったことがある。うっかり夜の盛り場の路地裏に迷いこみ、銃声が聞こえてきて心臓が停まりそうになった。

「たしかにな……」

矢崎はスマートフォンを取りだし、タッチパネルを操作した。

「すぐそこに二十四時間営業のファミレスがあるみたいだ」

「一緒に行っちゃダメなの？」

矢崎は眼を泳がせ、大きく息を吐きだした。

「チンピラの元締めに、話は通ってるはずなんだ。首謀者がどう出てくるかはわからないが……まあ、サツなら無茶はしないだろう」

「じゃあ、一緒に行ってもいいじゃないの」

「そのつもりで、俺も連れてきたんだよ」

矢崎の表情が硬くなった。

「だが、なにか嫌な予感がする。想像してた雰囲気と、ちょっと違うんだ。なにがどう違うのか、説明はできないんだが……」

「……わかった」

美久は矢崎の持っているスマホを取り、ファミリーレストランの場所を確認した。本当に、徒歩一、二分のところにあるようだ。

「この店で待ってるから、大丈夫だったら電話して」

矢崎は笑みをこぼした。

「ものわかりがよくて助かる」

「わたしだって、怖い思いしたくないもの」

眼を見合わせ、うなずきあった。

しかし、矢崎は動かない。なにか言いたそうだが、ためらっている。横顔がみるみる苦渋に満ちていき、絞りだすような声で言った。

「あの話だけど……」

「えっ？」

「ユアを捜しだしたら、俺のところに戻るっていう……」

「ああ……」

美久は息を呑んだ。

「……約束は、守るわよ」

「いいんだ、もう」

「なにがいいの？」

「俺は最低な男なんだよ……」

矢崎がハーッと息を吐きだした。

「俺とナナセは、ただ単に店の経営者と雇われてる女の子って関係じゃなかった。俺は彼女に借りがあったんだ。風俗なんてやってりゃあ、どんなに順風満帆に見えても、そうじゃないときがある。俺はナナセに助けてもらった。彼女が他の店から移籍してくれて、風俗雑誌やWEBで脱いでくれたから、危ない橋を渡りきることができたんだ……なのに……」

美久は言葉を返せなかった。まったく知らない話だった。

「ナナセはきっと、俺とずっと一緒にいられると思っていたんだろう。別れ際、俺は金を渡そうとした。手切れ金だ。少なくない額だった。彼女は受けとってくれなかった。『わたしがあなたを捨てる』って言ってたよ。『捨ててあげる』って……最後まで、誇り高い女だった……」

矢崎は涙を誤魔化すようにドアを開け、外に出た。美久はすぐには動けなかった。ナナセに対する印象がガラリと変わった。彼女は失恋のショックで死んでしまっただけの、か弱い女ではなかった。矢崎に対する印象もガラリと変わった。やさしいだけの男でも、冷血なプロフェッショナルでもなかった……。

「待って……」

心を千々《ちぢ》に乱しながらドアを開けた。

夜闇の中、矢崎が両手を振りまわして悶絶していた。

一瞬、なにが起こったのかわからなかった。後ろから腕をまわされ、首を絞められていたのだ。夜闇の中でも、矢崎の顔が赤黒く充血しているのがはっきりとわかった。眼球が飛びだしそうなほど眼を剝いていたが、その眼に美久の姿は映っていないようだった。振りまわしている両手の動きが次第に弱々しくなっていき、やがて力尽きたように動かなくなった。

矢崎が膝から地面に崩れ落ちると、首を絞めていた男の姿が眼に入った。

黒田だった。

6

殺伐とした夜闇の中を、背の高い男が近づいてくる。

「あんたを見張ってりゃあ、かならずユアを捜しだしてくれると思ったよ」

耳元で言った。

「わかったんだろ、あいつの居場所が？」

美久は逃げることも、悲鳴をあげることもできなかった。黒田の手に柳刃包丁が握られていたからだ。矢崎を気絶させると、足元に転がっていたバッグからそれを出し、美久に迫ってきた。すぐにバッグで隠したが、柄は握りしめたままで、なにかあれば刺すと血走った眼で訴えてきた。矢崎を失神させたことで、アドレナリンが大量に分泌しているようだった。

「どうして……わたしのこと……」

「そんなに難しいカラクリじゃない。綾音に訊いたら、あんたの住所を教えてくれた。俺には時間だけはたっぷりあった」

黒田に命じられ、美久は気を失っている矢崎をガムテープでぐるぐる巻きにし、口にも貼りつけた。ふたりでＢＭＷの後部座席に押しこんだ。

「どこにいるんだ、ユアは？」

「会ってどうするの？」

「恋人に会いにいくのに、理由が必要なのか？」

黒田から漂ってくるのは、狂気の匂いばかりだった。乱れた髪も無精髭も、埃まみれになった皺くちゃのスーツも、ホームレスと大差なかった。なのにふたつの眼球だけが、夜闇の中でギラギラと異様なまでに輝いている。錆びたナイフのように荒んだ感じではなく、恐ろしいほど研ぎ澄まされている。

「ユアを……殺すの？」

「殺すもんか」

黒田は笑った。

「愛しい恋人を、どうして殺さなくちゃならない？」

真っ赤な嘘だ、と美久は胸底でつぶやいた。黒田はニヤニヤ笑いながら、バッグの中で柳刃包丁を握り直した。

「だから早く案内してくれよ、ユアのところに」

「やくざに……監禁されてるんです……」

美久は震える声を絞りだした。

「やくざ？　なぜ？」

「わからない。でも、監禁されてるのは本当みたい。そこのホテルに……」

背後のビルを指差すと、黒田は駆けだそうとした。

「待って！」

美久はあわてて腕をつかみ、必死になってその場に留めた。

「チンピラが何人も見張ってるの」

いま黒田と彼らを正面衝突させれば、その瞬間、暴力がはじける。

「裏から行きましょう。チンピラに見つからないように、ユアさんを救いだすの……」

黒田は美久を一瞥《いちべつ》してから、ラブホテルのビルを見上げた。眼の血走りは激しくなっていくばかりで、息がはずんでいる。とにかく気が逸《はや》りすぎている。

こうなったら、榊木に希望を託すしかなかった。

あの男が、どういう理由でやくざを使っているのかはわからない。やり方はともかく、榊木は捜査一課の刑事である。なんらかの思惑があって、ユアの身柄を拘束していると思いたかった。死にたがっているのだから死ねばいい――そう言い放っていたけれど、腹の底ではやはり、なんとかしなければならないと思っていたと信じたい。

黒田はラブホテルのビルを見上げてしばし逡巡していたが、

「あんたも一緒に来るか？」

覚悟を決めた顔で訊ねてきた。

美久はうなずいた。元よりそのつもりだった。黒田がひとり、包丁片手に部屋に乱入すれば、単なる暴漢だ。話しあいが成立しない。しかし、そこに美久がいれば、榊木はうまく立ちまわってくれるはずだ。

「よし、行こう」

黒田にうながされ、ラブホテルに裏手から近づいていった。

体が震えていた。恐怖もあったが、コートをクルマの中に忘れてきたので、凍えそうなほど寒かった。

ブロック塀の前まで来ると、気取った格好をしてきたことを、心の底から後悔しなければならなかった。黒田に助けてもらって、なんとかよじのぼった。その時点でストッキングは伝線し、ワンピースも汚れてしまった。塀からおりれば下は砂利で、ガラスの破片が割れる音がした。これでは、靴を脱ぐこともできない。

ホテルの裏口はすぐに見つかったが、鍵がかかっていた。「こっちだ」と黒田が言い、鉄製の非常階段をのぼっていく。照明がついていないので、視界が覚束ない。足音をたててしまうたびに、心臓が口から飛びだしそうになる。

鍵をかけ忘れているドアがあってくれることを祈った。一階ずつ確認しながら、のぼっていった。どの階も開かなかった。窓が鉄線の入った強化ガラスなので、割ってしまうこともできない。

結局、最上階の五階までのぼっても開いているドアはなく、その上の屋上に出た。内階段に続く屋上のドアも閉まっていた。お手上げである。

しかし、黒田は諦めなかった。ジャケットを脱ぐとそれで強化ガラスを覆い、「持ってろ」と美久に命じてきた。エアコンの室外機の下からコンクリートブロックを抜きとり、ジャケット越しに強化ガラスを叩きはじめた。鈍いがかなり大きな音がたった。中にいる人間に気づかれはしまいかと美久は震えあがったが、榊木が気づいてくれればそれはそれでなんとかなるかもしれない。

いや、なにより、黒田の形相が鬼気迫っていて、とめることなどできなかった。眼を剝き、歯も剝いて、「くらっ！　くらっ！」と声を漏らしながら、コンクリートブロックを打ちつける。隣のビルの屋上に消費者金融の看板があり、汗にまみれた黒田の顔を緑色に照らしている。乱れた髪と相俟って、美久の眼には人外の化け物にも見えてくる。

強化ガラスをある程度砕くと、今度は柳刃包丁の柄を使って細い鉄線を叩きはじめた。柄いるその姿は、もはやホームレスではなく、惨劇を演じたばかりの通り魔にしか見えなかった。

白いワイシャツの肘《ひじ》から先が、真っ赤に染まっていた。柳刃包丁を握りしめて肩で息をしていた。

を握った右手を血みどろにして強化ガラスに穴を空け、その中に手を突っこんで鍵を開けた。包丁

の底で叩いて切ろうというのだ。気の遠くなるような作業だが、黒田はやってのけた。包丁

ツイているのかいないのか、ラブホテルの中にいる人間には気づかれなかったようだ。息を殺し、足音に注意して、黴くさい臭いのこもった内階段をおりていった。建物の中は真っ暗で、黒田が灯《とも》したライターの炎でかろうじて視界を保っていた。

それほど敷地面積のある建物ではなかった。ワンフロアにある部屋は四つほど。どこにいるのかわからないので、一つひとつドアを開けていくしかない。

開けるたびに、美久は痺れるような緊張感と戦わなければならなかった。なにしろ、なにが出てくるかわからないのだ。見張りのチンピラが待機しているかもしれない。運良く、榊木とユアが穏やかに話していたとしても、黒田が逆上して飛びかかる可能性がある。そうなったら、自分が押さえなければならない。榊木にしても暴力沙汰には慣れているだろうが、不意を突かれたら反撃は難しいだろう。

できるだろうか？

殺してやると覚悟を決めている大の男を、押さえることなど、女の自分に……。ましてや黒田には、格闘技の心得がある……。

空っぽの部屋ばかりが続き、ワンフロアずつ階段でおりていった。黒田も緊張しているようで、息の荒らげ方が尋常ではない。口を開きっぱなしで、いまにも涎まで垂らしそうである。

三階までおりていき、ドアが並んだ廊下に立った瞬間、異変を感じた。美久と黒田は、眼を見合わせた。

扉の隙間から、一条の光がもれていた。

その奥から声が聞こえてくる。

淫らにあえぐ女の声だ。

美久は戦慄した。完全に想定外だった。このホテルにいるのは、榊木とユアのはずだった。捜査一課の刑事と行方不明の風俗嬢が、いったいなにをやっているのか？　あるいは別の人間なのか？　チンピラが見張りに退屈し、セックスで気をまぎらわしているのか？

のそり、と黒田が動きだした。淫らな声に誘われるようにして、声が聞こえてくる部屋に近づいていった。どうしていいかわからないまま、美久も後に続いた。榊木は普通に女を抱くことができない。勃起しないから、女に声をあげさせているとすれば、クンニリングスだ。

あるいは大人のオモチャを使っているかだ。ユアを相手にそんなことをしているのだろうか？

ありうるかもしれない、と思った。

どうしていままで気づかなかったのだろう？　榊木は真性のサディストで、一方のユアは、死に魅せられている。自分を罰したがっている。つまり、真性のマゾヒストではないか……。

ドアを開けてはいけない気がした。しかし、最初からわずかに隙間が空いていて、黒田が指先で押すと、静かに開いていった。とめることができなかったのは、美久もまた、その部屋の中の光景を確認したいという無意識が働いたからかもしれない。

ドアに近づいていけばいくほど、その声は普通ではない感じがした。どこかひしゃげて、苦しみ悶えているようだった。にもかかわらず、耳をすまさずにはいられない、本能に訴える艶《つや》やかさがある。

ドアが完全に開き、ベッドの上の光景が眼に飛びこんできた。男と女が全裸でまぐわっていた。ドアが開いたことも気づかずに、夢中になっていた。正常位で、男は上体を起こしている。その手には、銀色に光る拳銃が握られていて、銃口が女の口に突っこまれていた。激しく腰を振りたてながら、いまにも引き金を引こうとしていた。

男は榊木だった。

女はユアだ。

驚くべきことに榊木は勃起していた。抜き差しされている赤黒い肉の棒が、チラチラと見えていた。

一瞬にして、美久はすべてを理解した。榊木もまた、ユアの客だったのだ。あるいは捜査の一環で知りあったのかもしれないが、とにかく肉体関係があった。美久が相手だとピクリともしないものが、ユアならば勃ったのだ。だから捜していたのだ。もう一度ユアを抱くために……。

「殺してやろうか！　本当に引き金を引いてやろうか！」

榊木が鬼の形相で叫ぶ。浅ましいほど欲望も感情も露わにして、興奮にいきり立っている。顔を撃ち抜かれる恐怖に怯えながらも、ユアは小鼻を真っ赤にしてよがっている。五体の肉という肉を痙攣させて、オルガスムスに駆けあがっていく。ほとんど白眼を剝いている。鼻の奥から、あるいは口と拳銃の隙間から、人間離れした声が迸《ほとばし》る。悪魔的に響くその声が、粘っこい肉ずれ音とからみあい、部屋に淫気を充満させていく。男も女も、肉欲の修羅と化している。

「出すぞっ……そろそろ出すぞっ……」

榊木が唸るように言った。真っ赤な顔で首に筋を浮かべたその顔は、人間の皮を完全に捨て去り、正視に耐えかねるものだった。

「出すのと同時に、撃つからなっ……頭を吹っ飛ばしてやるからなっ……殺されたいんだろう？　おまえはこうやって殺されたくてたまらないんだろう？」

「やめろ……」

黒田がふらりと前に出てた。

「な、なんだっ……」

榊木は動転して銃口を黒田に向けた。榊木は黒田の後ろにいる美久には、気づいていないようだった。

まずい、と思ったが、美久は声を出せなかった。指一本動かせなかった。黒田を押さえるどころか、榊木に自分を気づかせることすらできない。榊木の銃口はこちらを向いていた。黒田を狙っているのだが、美久にもはっきり弾丸が発射される穴が見えた。撃たれる、と思った。流れ弾がこちらにくる、と身がすくんだ。

「やめてっ！」

絶叫したのは、ユアだった。拳銃を持っている榊木の手に飛びついた。離せ、と榊木が叫ぶ。ユアは離さない。ベッドの上で揉みあいになる。

黒田が近づいていく。柳刃包丁を両手で握って振りあげた。無防備にさらけだされた榊木の背中に、それを突き立てた。榊木が断末魔の悲鳴をあげる。黒田が包丁を抜くと、榊木は苦悶の顔で振り返った。身震いしながら黒田に拳銃を向けようとしたが、それより早く、黒田が榊木の腹を刺した。再び断末魔の悲鳴があがった。赤々と上気した顔を歪めに歪めて、榊木が悶え苦しむ。天井に向けられた拳銃から、ズドン、ズドン、と弾が二発放たれた。さながら、命が燃え尽きるのを知らせる信号弾のように。

榊木が力尽きたようにぐったりしても、黒田はその体をメッタ刺しにしつづけた。肉を裂く嫌な音がたち、血しぶきが飛び散った。淫気にあふれたラブホテルの部屋が、あっという間に惨劇の現場に豹変していく。

ユアがベッドから抜けだし、こちらに走ってきた。白い裸身に血しぶきを浴びたその姿は、鬼への供物《くもつ》のように恐ろしいものだった。おかげで美久は我に返ることができた。

「ユアッ！」

もちろん、再会を喜んでいる暇はなかった。美久はユアの手を取って部屋を飛びだした。廊下は暗く、美久の手にライターはなかったが、かまっていられなかった。内階段に出ると、階下から怒声が聞こえてきた。銃声を聞いたチンピラが騒いでいるのだ。反射的に階上に向かっていく。

来た道を戻るしかなかった。そうすれば、チンピラたちに見つからず、建物の外に出ることができる。真っ暗い中、階段を這いずりあがるようにして進んだ。いつの間にか靴が脱げていた。駐車場まで行けば助かる、と思った。BMWのキーはクルマの中に残ったままだ。なんとか脱出できるはずだ。

暗闇の中、必死に階段をのぼった。心臓が痛み、肺が燃えているようだった。階下から銃声が聞こえてきた。一発ではない。三発、四発……どうなっているのだろう？　黒田が蜂《はち》の巣にされたのか？　あるいは榊木の残した拳銃で応戦し、銃撃戦になっているのか？　さらに銃声……。

もはやほとんど現実感を失ったまま、息も絶えだえになって屋上に辿りついた。ようやく暗い階段から解放され、視界が戻ってきた。もうひと息だった。あとは外階段をおりて、塀を越えれば駐車場だ。

ところが、外階段の手前まで来たところで、ユアがへたりこんでしまった。ハアハアと息をはずませながら、美久を見上げて首を振っている。もう動けないと訴えてくる。

「もう少しよ、頑張って」

いくら励まして、手を引っぱっても、ユアは腰が抜けてしまったように動かない。彼女は榊木に抱かれていたし、揉みあいもした。体力の限界なのだ。美久にしても、ユアをおぶって階段をおりるほどの体力は残っていない。

もはや祈るしかなかった。黒田やチンピラが、ここまであがってくる前に警察が来てくれることを祈るしかない。来てくれるだろうか？　あれだけの銃声がしたのだから、住人が通報したに違いない。住人？　こんなビルばかりの殺伐としたところに、人など住んでいるのだろうか？　自分で通報したくても、スマートフォンの入ったバッグはクルマの中だ。屋上では、隠れるところもない。

「ねえ、やっぱり逃げよう。下まで行けば、クルマがあるの。黒田さんは正気を失っている。ここにいたら殺されるかも……」

人の気配にハッとした。ふらついた足取りで、黒田が屋上に出てきた。頭から血を流していた。白いワイシャツは真っ赤に染まって、ところどころ黒く焦げている。右手には血のしたたる柳刃包丁、左手には銀色の拳銃。眼を血走らせ、唇に笑みを浮かべていた。隣のビルの看板が、そんな殺人鬼を毒々しい緑の光線で照らしている。

美久は気が遠くなりそうだった。

「人を殺すのは気持ちいいなあ、ユア……」

黒田が笑う。笑えば笑うほど、その表情に狂気が滲んでいく。

「どうしてもっと早く気づかなかったんだろう……殺してやればよかったよ。むさ苦しい男を殺しても、あれだけ気持ちいいんだ。おまえを殺して、自分も死んで、それでよかったんだ……」

「……いいよ」

ユアがぼんやりした眼を黒田に向けた。

「殺しても、いい……それがわたしの望みだもの……でも、先生は死なないで。先生を巻き添えにするのは……わたし……耐えられない……」

「馬鹿言え」

黒田が笑う。

「おまえひとりを死なせるわけにはいかない。きっちり後を追う。心配するな」

「やめて……」

ユアが眼尻を垂らして首を振る。

「先生は……先生は死なないで……お芝居つくって……」

「どうせ生きてたって死刑だよ。いま下で三人殺《や》っちまったからな」

黒田が拳銃を構えたので、

「やめて」

美久はユアの前に立ち塞がった。

「どけ」

「どきません」

銃口を向けられる恐怖に身がすくみ、膝が震えだした。いったいなにをやっているのか、自分でもわけがわからなかった。

ユアも黒田も、死にたがっている。その間に立ち塞がり、命を捨てるのは馬鹿のすることだ。なのに動けない。どうしても動けない。

「あんたまで巻き添えにしたくない」

黒田が笑う。

「だったら拳銃をおろしてください」

美久は震える声で返した。

「これは……俺とユアの問題なんだ。あんたは関係ない。邪魔しないでくれ」

黒田の口許から笑みが消えた。いまにも泣きだしそうな顔で、耳障りなほど甲高い声をあげた。

「いいかい？　俺はもう、死ぬしかないんだよ。愛しいユアと一緒に死なせてくれよ。邪魔をしないでくれよ……」

垂れていた眼尻が、にわかに吊りあがった。

「三つ数える。死にたくないならどけ」

美久は動かなかった。

「一……」

黒田が睨んでくる。

「二……」

美久は睨み返した。

「……三」

夜闇に銃声が轟いた。

7

海を見ていた。

波のない、穏やかな海だ。

陽だまりのベンチに腰をおろしているユアも、とても穏やかな表情をしている。『ポゼッション』のチラシの写真にあったような、エキセントリックな表情などすっかり忘れてしまったかのようだ。

忘れてしまったほうがいい。美久のプレゼントした花柄のワンピースに身を包んだユアは、穏やかな表情のせいで、嫌味なくらい美人にもかかわらず、なんとも言えない可愛らしさがあった。それでいい。自分たちはまだ二十九歳。人生の先は長いのだ。いままでとは違う生き方を探す時間は充分に残されている。

そこは、ユアが入院している病院の庭だった。穏やかな表情をしていても、彼女は精神の平衡を崩してしまっていた。あれだけのことがあったのだから、それもしかたがない。ゆっくり休んで、また復活すればいい。主治医の話によれば、時間はかかるが回復の見込みはあるという。

「おーい」

命の恩人がやってきた。

矢崎である。

「温かいコーヒーと、温かいほうじ茶ね。渋いよな、ほうじ茶なんて」

美久に缶コーヒーを、ユアにほうじ茶のペットボトルを渡し、自分の分を買ってくるのを忘れたと言って笑った。

あの夜――。

上野のラブホテルの屋上で、黒田は引き金を引いた。しかし、美久に向けられていたはずの銃口は、星のない夜空に向かっていた。後ろから矢崎が組みつき、黒田の手を上に向けたのだ。

間一髪だった。自力でガムテープをほどいた矢崎がやってくるのが一歩遅ければ、美久はすでに、この世にいなかっただろう。

矢崎は黒田から拳銃と柳刃包丁を奪って倒し、動かなくなるまで蹴りつづけた。いくら格闘技の心得があっても、黒田は傷だらけだった。後でわかったことだが、弾丸を二発、体に撃ちこまれていた。しかし、黒田はある意味、超人だった。それだけの傷を負っていながら、矢崎が美久とユアに駆け寄った隙をついて走りだし、柵《さく》を乗り越えて飛びおりた。

矢崎はわざと隙を見せたのかもしれない、と美久は思った。黒田は捜査一課の刑事を含め、三人を殺害していた。死刑は免れられないから、みずからケジメをつけるチャンスを与えてやったのではないだろうか、と。

黒田の最期は呆気なかった。急に姿が見えなくなっただけで、亡骸《なきがら》を確認しなかったからだろうか。そのときの美久の脳裏には、柳刃包丁で刺されて悶え苦しみながら息絶えていった榊木の姿が、まだ生々しく残っていた。

榊木……。

事件から三カ月が経過したいまも、美久は彼の死を受け入れられずにいた。ああいう形で自分が黒田をラブホテルの中に導かなければ、榊木が死ぬことはなかったように思えてならなかったからだ。

「彼は彼で、ちょっとやりすぎだったよ。ある意味、しかたがない」

矢崎は淡々と言っていた。しかし矢崎は、美久と榊木の関係を知らない。榊木がEDで、にもかかわらずユアが相手だと硬く勃起して、性交が可能だったという事実も知らない。

事件を表面からだけ見れば、なるほど榊木はとんでもない刑事だった。

報道によれば、彼はやはり、〈パンドラ〉の内偵を行ったことがあるようで、捜査報告書が残されていたらしい。商売仇の同業者から違法営業の通報があったものの、管理売春、未成年の雇用、いわゆる本番行為、いずれも犯罪を立証する根拠に至らず、捜査を打ち切ったことが報告されている。

榊木とユアの最初の接点は、その内偵捜査であったというわけである。本番行為NGの店で、それを確認するために内偵捜査をしているにもかかわらず、榊木はユアを抱いたのだろう。真性サディストの榊木が、死に魅入られているユアと出会い、なにかを感じたことは想像に難くない。普段はピクリともしないものが大蛇のように鎌首をもたげ、性交が可能になったのだ。

とはいえ、捜査中に出会った女と肉体関係を結び、その女をもう一度抱きたいがため、暴力団まで使って女を捜しだし、監禁した――正気を失った振る舞いであると糾弾されてもしかたないだろう。

しかし、榊木の背負っていた苦悩も、美久にはわかるのだ。彼のクンニリングスの執拗さを思い起こせば、胸に迫ってくるものがある。自分はきっと、その苦悩に同情していたのだと、いまならわかる。

榊木のことを愛してもいないのに、欲しい情報だって手には入らないのに、彼との関係を切ることができなかったのは、きっとそのせいなのだ。

同情というより、共鳴と言ったほうが正確かもしれない。傷ついた魂と魂が響きあったのだ。自分には、そういうところがあるらしいと、今回の事件を通じてわかった気がする。救いがたい闇を抱えている人間にこそ、惹かれてしまうのだ。ユアもそうだった。もしかしたら、黒田に対してもそうだったかもしれない。

とはいえ、榊木があのままユアを監禁しつづけ、死をもてあそぶセックスに溺れていれば、いずれ引き金を引いた可能性が高い。

黒田にはユアへの愛があったが、榊木にはおそらく欲望があるだけだった。サディスティックな欲望と、マゾヒスティックな欲望が、剝きだしでがっちり向きあっていたことを考えると、戦慄を覚えずにはいられない。

どんな理由があろうとも、榊木がユアを殺してしまったら、美久は彼のことを決して許さなかっただろう。

ナースが迎えにきたので、美久と矢崎はユアに別れを告げて病院を後にした。

「駅まで歩かないか？」

矢崎が言い、美久はうなずいた。来るときはタクシーを使ったが、病院は高台に建っていた。海を見おろす道は眺めがいいし、くだり坂なら散歩にうってつけだった。天気もよく、雲ひとつない青空がひろがっている。ほのかに磯の香りを含んだ潮風が、頬をやさしく撫でていく。

お互いに口をきかず、黙って歩いた。

歩くほどに、気まずさがこみあげてきた。

美久はまだ、矢崎との約束を果たしていなかった。

ユアを捜してくれる報酬に、美久は自分自身を賭けた。彼女が見つかれば、矢崎のもとに戻ると約束した。矢崎はきっちりユアを捜しだしてくれた。

しかし、約束はうやむやになったままだ。ユアが監禁されているラブホテルに踏みこむ直前、矢崎は自分には愛される資格がないと伝えてきた。結果がどうあれ、約束を守る必要はないと……。

「海亀のスープ」

眼下の海を見つめながら、美久は言った。

「海亀のスープが食べたい」

矢崎が不思議そうな顔を向けてくる。

「どうしたんだよ、急に？」

「この世でいちばんおいしいんでしょ？　自分が言ってたんじゃない。忘れたの？」

「都内のレストランじゃ難しいみたいだぜ」

矢崎は苦笑しながら言った。

「小笠原に行くか、沖縄の離島にでも行かないと……」

「どっちでもいいから連れてって」

矢崎が眉根を寄せて見つめてくる。

「あなたと一緒に、この世でいちばんおいしいものが食べたい」

痛いくらいの矢崎の視線を横顔で受けとめながら、美久は歩いた。空はどこまでも青く、潮風は泣きたくなるくらいやさしかった。くだり坂が急にきつくなり、転びそうになったけれど、足を踏ん張って一歩ずつ前を目指した。

この作品は書き下ろしです。原稿枚数370枚（400字詰め）。

GENTOSHA OUTLAW BUNKO

その女《おんな》、魔性《ましょう》につき

草《くさ》凪《なぎ》優《ゆう》

平成28年2月10日　初版発行

発行人——石原正康
編集人——袖山満一子
発行所——株式会社幻冬舎
〒151-0051東京都渋谷区千駄ヶ谷4-9-7
電話　03(5411)6222(営業)
　　　03(5411)6211(編集)
　　振替00120-8-767643

印刷・製本—中央精版印刷株式会社
装丁者——高橋雅之

幻冬舎アウトロー文庫

ISBN978-4-344-42448-7　C0193　　O-83-7

幻冬舎ホームページアドレス　http://www.gentosha.co.jp/
この本に関するご意見・ご感想をメールでお寄せいただく場合は、
comment@gentosha.co.jpまで。